人民日报海外网
•编著•

# 我在中国当大使

第二辑

27国驻华大使讲述
他们看到的中国

人民日报出版社
北京

**图书在版编目（CIP）数据**

我在中国当大使. 第二辑 / 人民日报海外网编著. -- 北京 : 人民日报出版社, 2022.11

ISBN 978-7-5115-7550-0

Ⅰ. ①我… Ⅱ. ①人… Ⅲ. ①新闻采访—作品集—中国—当代 Ⅳ. ①I253

中国版本图书馆CIP数据核字(2022)第199843号

**书　　名：** 我在中国当大使. 第二辑
WOZAI ZHONGGUO DANGDASHI.DIERJI
**作　　者：** 人民日报海外网

---

**出 版 人：** 刘华新
**责任编辑：** 张炜煜　霍佳仪　张雪原
**封面设计：** 李尘工作室
**版式设计：** 元泰书装

---

**出版发行：** 人民日报出版社
**社　　址：** 北京金台西路2号
**邮政编码：** 100733
**发行热线：** （010） 65369509 65369512 65363531 65363528
**邮购热线：** （010） 65369530 65363527
**编辑热线：** （010） 65369514
**网　　址：** www.peopledailypress.com
**经　　销：** 新华书店
**印　　刷：** 北京中科印刷有限公司
**法律顾问：** 北京科宇律师事务所 010-83622312

---

**开　　本：** 710mm×1000mm　　1/16
**字　　数：** 300千字
**印　　张：** 24
**版　　次：** 2023年3月第1版
**印　　次：** 2023年3月第1次印刷

---

**书　　号：** ISBN 978-7-5115-7550-0
**定　　价：** 78.00元

# 序 言

中国共产党第二十次全国代表大会为中国全面建设社会主义现代化国家指明了方向、擘画了蓝图。中国式现代化，对世界意味着什么？回答这个问题，各国驻华大使的亲身观察和深入思考很有价值。

“我在中国当大使”是人民日报海外版的重点外宣品牌栏目，在网上网下、境内境外反响好、影响大。由人民日报海外网编著、人民日报出版社于 2021 年出版的《我在中国当大使（第一辑）》广受佳评。这次，我们又精选集结成《我在中国当大使（第二辑）》，请 27 国驻华大使讲述他们眼中的中国共产党故事、中国式现代化故事、中国与世界合作共赢的故事。

用“小切口”展示新时代中国形象。驻华大使视角独特，在观察中国方面各有心得，本书用大使们的“沉浸式”在华体验，生动还原可信、可爱、可敬的中国形象。阿根廷驻华大使牛望道被天安门广场上人们高唱《没有共产党就没有新中国》的一幕深深感动，体会到中国人民对中国共产党的热爱；新加坡驻华大使吕德耀惊叹中国日新月异的变化，理解了“为什么中国人在回顾历史时会倍感自豪”；贝宁驻华大使西蒙·阿多韦兰德在贵州看到当地干部和百姓为战胜贫困付出的巨大努力，认为“中国的减贫经验对贝宁具有重要借鉴意义”；卢旺达驻华大使詹姆斯·基莫尼奥分享他走进电商直播间经历“不到 10 分钟卖出 1 吨咖啡”的惊喜，感慨“中国市场非常开放”；冰岛驻华大使易卜雷给冰岛巧克力在进博会“意外”走俏而点赞“中国市场充满机遇”；白俄罗斯驻华大使尤里·先科及家人是中国智能家电的“粉丝”，觉得中国制造质量上乘，深受白俄罗斯消费者喜爱；丹麦驻华大使马磊发现天更蓝、地更绿的北京变得更宜居，表示“中国绿色转型实践值得称赞”。

用“暖故事”促进民心相通。本书深入挖掘驻华大使结缘中国的渊源，以有温度的笔触描绘中外友好交往的一幅幅“工笔画”。所罗门群岛首任驻华大使约翰·莫法特·傅桂亲述两国建交背后鲜为人知的缘分，“当我们第一次来中国时，我们得到的是尊重，被中方视为重要的朋友和贵客”；土耳其驻华大使约南回忆抱着小儿子与女排名将朱婷“拉家常”，说朱婷用她的成功和谦逊“赢得了土耳其人的心”；南非驻华大使谢胜文被中国人民的热忱善良深深打动，“在北京你不会觉得自己是外国人”；巴巴多斯驻华大使哈伦·亨利爱和各行各业的中国老百姓“搭话”，他的一口京片子常常被外卖小哥夸；约旦驻华大使胡萨姆·侯赛尼透露“中国电影在约旦越来越受欢迎”，期待中国电影到约旦取景；马达加斯加驻华大使罗班松·让·路易忆及去广东佛山寻根的经历，“我的名字写在顺德老家族谱里”；巴拿马驻华大使甘林说“粤菜在巴拿马家喻户晓”，评价华侨华人为巴拿马发展作出重要贡献；马尔代夫驻华大使艾莎特·阿兹玛对中国旗袍“一见钟情”，要为自己订购一件；挪威驻华大使白思娜乐见冰雪运动在中国蓬勃兴起，“挪中因冬奥走得更近”。

用“好声音”讲述真实故事。结合国际社会关切点、聚焦点，本书用大使的一线见闻回击对华抹黑论调。巴基斯坦驻华大使莫因·哈克讲述他在新疆与一位维吾尔族父亲聊起“儿女经”，“新疆人民对生活充满希望，给我留下了深刻印象，一些西方媒体抹黑新疆的报道是不真实的”；古巴驻华大使卡洛斯·米格尔·佩雷拉两度出使中国，对中国式民主有强烈认同，指出那些在选举过程中反复开“空头支票”、上台执政后却无法兑现的民主不是真民主，那些只为少数人服务、漠视大多数人利益的民主也不是真民主，而中国的实践是体现了人民至上的真民主；萨尔瓦多驻华大使阿尔多·阿尔瓦雷斯赞赏中国对全球抗疫合作的巨大贡献，表示“中国疫苗安全有效，萨尔瓦多人民非常满意”；摩尔多瓦驻华大使杜米特鲁·贝拉基什见证中国统筹疫情防控和经济社会发展的非凡成就，认为中国展现的治理能力令人钦佩；斯里兰卡驻华大使帕利塔·科霍纳看好中国机遇，说“一带一路”为斯里兰卡带来“投资盛宴”。

用“多声部”进行立体传播。本书按国别分为27章，每章设置了“专访”“大使说”“采访手记”“国家人文地理”等栏目，共约30万字。全书既“可读”，又“可视”“可听”。扫描图书前勒口处二维码，即可“身临其境”走入采访现场：跟随卢森堡驻华大使俞博生探访他坐落在北京胡同深处的“家”，分享墨西哥驻华大使施雅德全家过中国春节的趣事，观看亚美尼亚驻华大使谢尔盖·马纳萨良现场写书法，细听越南驻华大使范星梅畅聊越南观众如何追中国电视剧，欣赏加纳驻华大使温弗雷德·哈蒙德“秀”传统服饰，与多米尼克驻华大使马丁·查尔斯一起唱《甜蜜蜜》《月亮代表我的心》……

这本书不仅有驻华大使“冒着烟火气”的在华故事，也如实传递了他们的中国观、中共观，同时把五彩缤纷的当今世界带到您的眼前。

编 者

2023年2月

# 目 录
CONTENTS

## 白俄罗斯



## 贝宁



## 古巴



## 丹麦

## 多米尼克



## 萨尔瓦多



## 加纳



## 冰岛

## 约旦



## 卢森堡



## 马达加斯加



## 马尔代夫

## 墨西哥



## 摩尔多瓦



## 挪威



## 巴基斯坦

## 巴拿马



## 卢旺达



## 新加坡



## 所罗门群岛

## 南非



## 斯里兰卡



## 土耳其



## 越南

# 阿根廷

## Argentina

我/在/中/国/当/大/使

# “阿根廷人民欢迎中国疫苗”

## ——访阿根廷驻华大使牛望道

阿根廷驻华大使牛望道　付勇超 / 摄

"我的中文名字是牛望道，'牛'在中文里有很多美好寓意，我期待阿中关系能在今年得到进一步升华。"时值中国农历牛年赴华履新，阿根廷驻华大使牛望道日前接受人民日报海外网采访时表达了对两国关系发展的期待。

## "欣赏中国的多样性"

履新驻华大使短短几个月，牛望道步履匆忙，却已到访 10 余个城市。牛望道在青藏高原领略了三江源头的壮丽奇观；在云贵高原，他体验了中国少数民族特色文化。"我非常欣赏中国的多样性，每个地区都有独特的美景、美食和文化风俗。"牛望道说。

在牛望道眼里，中国"太大了"，"人口众多"，"仅江苏一个省的人口数几乎是阿根廷全国总人口数的两倍，而其生产总值超过阿根廷全国生产总值的 3 倍"。牛望道认为，地广人众意味着发展机遇，他希望阿中两国继续加强地方交流合作，"撮合"更多友好省市。目前，阿根廷科尔多瓦省与同为汽车生产大省的江苏省结成友好省市；圣胡安省与山东省则因矿业领域的突出优势走到一起。"我们找到具有相似性或者互补性的省份，帮助他们结对子，更好促进两地之间交流合作。"牛望道表示。中国与阿根廷建交 49 年来，双方已缔结了 25 对友好省市关系，开展了丰富多彩的交流合作，这成为两国全面战略伙伴关系的重要组成部分。

阿根廷与中国分处地球两端，两国相距约 2 万公里，时差 11 个小时，飞机不能直飞，但彼此之间似乎并不陌生。这其中，日益频繁的人文交流发挥了特殊的桥梁作用。

2020 年底，阿根廷传奇球星迭戈·马拉多纳逝世的消息令全世界球迷心碎。中国球迷以多种形式怀念马拉多纳，这让牛望道非常感动，在他看来，以马拉多纳为代表的体育界人物是“真正的大使”，是促进两国文化沟通、人民相互理解的重要桥梁。

谈及体育交流，牛望道对即将举办的北京冬奥会充满期待。“阿根廷是最早支持中国举办冬奥会的国家之一。”牛望道提到，今年初，他曾与多位驻华大使一同前往张家口参观冬奥村建设，“无论室内场还是露天雪道等一系列基础设施都建得非常好。我们相信北京冬奥会将成功举办。”

## 中国展示出大国担当

面对席卷全球的新冠肺炎疫情，中阿两国人民同舟共济、守望相助，两国传统友谊在抗疫斗争中得到升华。防疫期间，布宜诺斯艾利斯省何塞西帕斯市为湖北省襄阳市、江西省上饶市寄来抗疫物资；广东省则连线门多萨省分享抗疫经验……“友城之间相互支持非常重要。”牛望道补充说，“感谢中国在关键时刻给予阿根廷的支援与帮助。”

对于阿中两国开展包括临床试验等多项疫苗合作，牛望道感到非常高兴：“中国疫苗对阿根廷大规模疫苗接种计划来说至关重要。阿根廷人民欢迎中国疫苗，对中国疫苗的评价很高。”牛望道认为，中国展示出大国担当，为包括阿根廷在内的很多国家提供疫苗，体现出负责任的大国精神，“阿根廷希望继续加强两国在生物科技和医药领域的创新发展”。

中阿共同研发新冠肺炎疫苗的成功经验，让牛望道深刻体会到两国在科研创新领域合作的必要性。与中国一样，阿根廷非常重视科技创新发展，

"科技能够推动国家经济发展，增进人民福祉，也是决定国家实力的关键因素"。

谈及中国科技领域的"国之重器"，牛望道非常了解：嫦娥四号探测器实现人类首次月背软着陆，北斗卫星导航系统是联合国认可的四大全球卫星导航系统之一，"奋斗者"号载人潜水器在马里亚纳海沟成功坐底再创中国载人深潜新纪录……看到中国近年来科技成果丰硕、成就斐然，牛望道期待阿根廷可以通过与中国科技合作带动本国经济社会发展，"当前，中国在科技创新方面居于世界先进地位，两国加强科研合作可以实现共赢"。

除了关注中国重大科技成果，牛望道也注意到中国电子商务和互联网经济的高速发展，中国电子支付和网络购物的普及程度令他惊讶。"未来是属于电商的，我们要利用好这样的平台，更好地促进阿中贸易。"牛望道表示，阿根廷已经在中国多个平台上建立了阿根廷国家馆，也正在考虑未来通过直播或其他互动形式为阿根廷产品"带货"。

## "中国的成就绝非偶然"

不论是中国研制的新冠肺炎疫苗被世卫组织列入紧急使用清单，还是中国在太空、深海等领域取得重要突破，牛望道认为，"中国的成就绝非偶然"，而是得益于中国共产党用正确的政策指导发展、保障人民福利。

对于中国共产党领导的脱贫攻坚战取得全面胜利，牛望道表示祝贺。他表示，联合国秘书长也对中国减贫成就表示赞赏，中国提前 10 年完成了《联合国 2030 年可持续发展议程》的减贫目标。"从政者都应当把增进人民福祉当作目标。"牛望道说。

建交 49 年来，中阿关系持续平稳快速发展，中阿关系已经成为新兴市场国家和发展中国家团结合作、共同发展的典范。牛望道表示，阿中两国执政党始终保持着亲密的合作关系，这种关系将进一步得到升华。阿政府及各党派非常认同中国提出的“人类命运共同体”理念，希望与中国一道共同促进全人类的发展。

牛望道认为，中国发展对世界来说都是好消息。中国能够在防疫期间实现经济正增长非常不易，2021 年中国国内生产总值增长率预计将达到 6% 以上。“只要中国经济持续发展下去，阿根廷和全世界都将从中获益。”牛望道表示。

（文 / 任天择　原载于《人民日报海外版》2021 年 7 月 5 日第 8 版）

# 牛望道：阿根廷不会忘记中国的支持



防疫期间，与中国的合作对阿根廷而言十分重要。首先是医疗防疫物资的采购与捐赠。阿根廷派出42架专机、5艘货船，将超过1500吨医疗物资从中国运到阿根廷，中国对阿根廷的防疫抗疫起了重要作用。目前，阿中在新冠肺炎疫苗供应方面展开合作。算上6月和7月预计采购数量，阿根廷总计将从中国购买1000万剂疫苗。同时，我们也在推进在阿根廷本土研发生产疫苗的事宜。中国是向发展中国家出口疫苗最多的国家，在所有受益的国家中，有80多个都是发展中国家。这说明，在应对疫情方面，中国是一个负责任的大国。阿根廷人民永远不会忘记艰难时期中国人民的支持。

2022年，阿根廷共和国与中华人民共和国将迎来建交50周年。值此之际，我们不仅应观察当前的两国关系，还要回顾以前走过的路，并展望充满希望的未来。

阿中两国建交49年来，阿中双边关系得到了极大深化，已建立了“全面战略伙伴关系”。如今，阿根廷政府决定让两国关系更进一步，推动阿根廷加入“一带一路”倡议。

中国如今是阿根廷最主要的投资国。例如，在阿根廷南部，有内斯托·基什内尔–豪尔赫·塞佩尼克水电站；在胡胡伊省，有高查瑞光伏产业园。中国如今也是阿根廷最主要的融资国，很多银行机构，如中国工商银行、中国银行、中国进出口银行和国家开发银行在阿根廷都有业务。近期，阿根廷还加入了亚洲基础设施投资银行。

当前，中国是阿根廷第二大贸易伙伴。2020 年，中国曾连续 5 个月成为阿根廷第一大贸易伙伴。因此，我们希望增加阿根廷在华领事代表机构。当前，阿根廷在中国有 4 个领事馆，我们正筹备在四川省成都市建立第五个领事馆。得益于中国“西部大开发”战略，四川得到了长足发展，并且在“一带一路”倡议中占据重要地位。在该地区设立领事馆将有助于我们深化阿中两国在旅游、文化等领域的合作，加强商贸联系。

当前阿中“全面战略伙伴关系”包括一系列机制，例如，两国间的经济合作与协调战略机制。在该机制下，阿方与中方可以罗列两国优先项目清单。在这些项目中，我们目前正在推进建设采用中国“华龙一号”技术的核电站以及相关道路走廊修缮项目。这些项目有助于阿根廷提高出口能力，改善物流条件。此外，我们也在推进其他基础设施项目，例如桥梁、输变电线、火力发电厂等。同样，可再生能源、太阳能工程、风能发电厂等项目也在研究之中。

在科技方面，2014 年，阿根廷与中国签署协议，在阿根廷内乌肯省建设中国在海外的首个深空测控站，用于中阿双方对外层空间的和平开发和利用。

综上，我认为即将到来的阿中建交 50 周年纪念日为阿根廷加入“一带一路”倡议提供了十分有益的背景条件，也标志着两国双边关系将上升到新的层次。

（文 / 阿根廷驻华大使牛望道　原载于《人民日报海外版》2021 年 7 月 5 日第 8 版）

· 采访手记 ·

## 这位大使是中国科技的“粉丝”



绿荫环绕的庭院，生机盎然的花园，宽敞平坦的石砖小路，灰墙白窗的二层小楼……远观阿根廷驻华大使馆，颇有自然清新的田园风格。庭院内最引人注目的，要数门口一尊五颜六色的公牛雕塑——让人不禁联想到阿根廷是一个“骑在牛背上的国家”。使馆工作人员介绍说，这是由阿根廷著名艺术家米罗·洛克特带领一群小朋友绘就，缤纷的色彩寓意创新与童真。

一见到“我在中国当大使”栏目组成员，阿根廷驻华大使主动介绍起自己的名字：“我姓牛，我的中文名字叫牛望道。”当得知栏目组有人同样姓牛时，大使笑称：“原来我们是兄妹！”一番笑谈，迅速拉近了彼此的距离。

谈到自己中文名的来历，大使打开了话匣子。他说，他名字中的“Vaca”一词在西班牙语里意为“牛”，而“望道”则取自他非常喜欢的道家思想的哲学理念：行于大道，唯迤是畏。大使表示，取这个名字，就是希望能够在前进路上时刻保持清醒、留心脚下。

除了欣赏中国传统文化，大使还自称是中国科技产品的“粉丝”。在采访中，大使主动亮出佩戴的华为智能手表，并展示各项功能，他说：“我很喜欢‘中国制造’，我的家电很多都是中国品牌。”此外，大使还是中国应用软件的“忠实用户”。滑动手机屏幕，大使对各类手机客户端如数家珍：“淘宝、京东、滴滴、微信……如果一直这样介绍下去，我可能一下午都讲不完，这些客户端对我们的生活非常重要。”

尽管赴华履职仅数月，大使不但快速适应了在中国的生活，还能“游刃有余”地使用各类应用软件，从网上交流到电子支付，从点外卖到叫网约车……在他看来，中国手机应用种类繁多、发展迅速，其社会普及率已经处于全球领先地位。他补充说：“我儿子还是中国短视频客户端的‘忠粉’，现在我也打算试着用这些短视频应用。”

虽然这次采访语言多样——大使用西语、翻译用中文、我们用英语，但大家相谈甚欢。大使以一句中文“我是牛望道”结束了采访，他笑称自己只要学会一句中文、带上手机就可以“行遍中国”。采访后，栏目组制作的短视频发布不到 1 天时间，观看人次就超过了 30 万。可以说，在“我在中国当大使”栏目组的镜头里，牛望道大使迈出了接触中国短视频平台的“第一步”。

（文 / 赵壹晨　原载于《人民日报海外版》2021 年 7 月 5 日第 8 版）

# 到阿根廷，跳一曲探戈

“请别为我哭泣，阿根廷。我从未离开，我仍遵守承诺，请别拒我于千里之外……”一提起阿根廷，不少中国人会想到这首耳熟能详的《阿根廷别为我哭泣》。这首歌源自著名音乐剧《艾薇塔》(又译为《贝隆夫人》)，它唱出了阿根廷前“第一夫人”艾薇塔·贝隆曲折的一生。

虽然阿根廷与中国相隔甚远，但两国之间并不陌生。除了《阿根廷别为我哭泣》这首歌，阿根廷还有很多风景名胜与文化艺术值得“打卡”。

无论是磅礴壮阔的“世界新七大自然奇观”之一——伊瓜苏瀑布，还是被称为“世界尽头”“南极中转站”的乌斯怀亚灯塔，阿根廷的天地之美独一无二；无论是征服“南美洲万峰之冠”——安第斯山脉主峰阿空加瓜，还是置身于存在了20万年的莫雷诺冰川，阿根廷总有一种魅力让人心驰神往。

值得一提的自然景观还有位于普纳地区的阿尔蒂普拉诺高原，这里有一望无际的浅蓝色盐湖、壮丽空旷的红色沙漠、终年积雪的雄伟山峰……

乌斯怀亚　卢克·沃特斯 / 摄

与如画般风景共存的是这里的原始村落文化。普纳居民常年历经风霜，皮肤黝黑，但他们的热情好客会令游客倍感亲切。

走出高原，走进城市，拥有悠久历史的阿根廷同样值得细细品读。首都布宜诺斯艾利斯的名字在西班牙语中意为“好空气”。由于城市建筑风格和居民生活方式受欧洲文化影响，布宜诺斯艾利斯素有“南美巴黎”之称。市内的 300 多处大小广场和 20 余座公园中，纪念阿根廷民族英雄、伟大解放者何塞·德·圣马丁将军的圣马丁广场与屹立着方尖塔的共和国广场，都称得上地标建筑。

作为一座充满创造力与活力的现代城市，若想发掘布宜诺斯艾利斯的独特之美，可以选择游览市内最富历史和传奇色彩的博卡区，其中的卡米尼托探戈街无疑是最引人入胜的地段。1959 年，这条街道在阿根廷最受欢迎的画家之一贝尼托·金克拉·马丁的倡议下创建。街区最大的特色在于一座座被粉刷成五颜六色的房子，斑斓的色彩给游人留下热情的第一印象，加上街道两侧不时传出班多钮手风琴演奏的悠扬旋律，以及在旋律中翩然起舞的探戈舞者，充分展现出探戈街的艺术气息。

探戈将抑扬顿挫的舞姿与婉转激荡的音乐融为一体，是阿根廷名列首位的文化标识，2009 年被联合国教科文组织列入“世界非物质文化遗产”名录。不仅在卡米尼托探戈街，布宜诺斯艾利斯很多家剧院都可以欣赏探戈表演。对舞蹈和音乐爱好者而言，每年 8 月举行的“探戈国际节日”和“舞蹈世界杯”一定不能错过。届时，无论是在室内酒吧里还是街头人群中，随处可见为探戈全情投入、如痴如醉的舞者。

（文 / 吴正丹　原载于《人民日报海外版》2021 年 7 月 5 日第 8 版）

# 亚美尼亚

## Armenia

# “中国的一切都很有趣！”

## ——访亚美尼亚驻华大使谢尔盖·马纳萨良

亚美尼亚驻华大使谢尔盖·马纳萨良　杨皓铭 / 摄

欧亚大陆腹地有一个历史悠久的文明古国——亚美尼亚。这里有崎岖连绵的高加索山脉，有波光潋滟的塞凡湖水，还有独具特色的人文风俗。虽然与中国相隔万水千山，亚美尼亚千百年前便沿着古丝绸之路与中国互通有无，开展频繁的交往互动。如今，随着“一带一路”倡议深入推进，两国友谊仍在历史的时空中绵延，不断结出新的硕果。

在亚美尼亚驻华大使谢尔盖·马纳萨良看来，中国作为亚洲文明的重要起源，不仅有深厚的传统文化，也形成了多姿多彩的地域风俗。近日接受人民日报海外网采访时，马纳萨良对中国文化侃侃而谈，并表达了推动亚中之间包括人文在内各领域合作的深切期盼。

## 利用吃饭时间读宋词

“中国的一切都很有趣，这里的文化风俗对我来说是全新体验。”作为一名资深外交官，马纳萨良先后在非洲、欧洲、亚洲多个国家常驻，体验了不同国家的风土人情，而地大物博的中国让他印象尤为深刻。在中国当大使近 3 年来，马纳萨良走访了中国很多省市，深入观察中国社会的种种细节。走访的地方越多，他对中国文化丰富性与多样性的体会就越深。

采访中，马纳萨良分享了“中国行”过程中的小插曲。亚美尼亚驻华大使馆与中国云南一户少数民族家庭建立了长期联系。“他们给我们寄来一封信，但信上的方言连我的中文秘书都看不太懂，这种文化风俗的巨大差异非常有趣。”在马纳萨良看来，正是多姿多彩的文化、饮食及建筑成就了中国之美。

除了对中国风俗文化差异性深有感触，马纳萨良对中国书法、文学等传统文化兴趣浓厚。虽然日常工作繁忙，但大使依然会在吃饭时花上半个小时读宋词。“我很喜欢宋词。”马纳萨良说，“宋词有丰富的哲学意蕴，每篇我都会读两三遍。”

此外，马纳萨良对石雕艺术也深有研究。他认为石雕艺术在中国文化和亚美尼亚文化中都是重要的内容，“由此可以发现两国文化的诸多相似点”。

## 很多亚美尼亚人会说中文

马纳萨良对中国文化的喜爱，也是中国文化热在亚美尼亚升温的生动缩影。

马纳萨良说，共建“一带一路”倡议让中国和亚美尼亚之间的联系更加紧密，近年来，两国在文化、教育等各领域加强合作。如今，来中国学习深造成为亚美尼亚青年的一种新潮流。亚美尼亚有孔子学院，多所中小学开设中文课程，多所大学设置中文专业，中文已成为亚美尼亚第二外语，很多亚美尼亚年轻人会说中文。“在亚美尼亚街头，特别是首都埃里温，若有人突然开口说中文，一点也不意外。”马纳萨良说。

近来中亚两国加强人文交流合作的好消息不断。2019 年 5 月，中亚两国签署互免签证协定，让两国民众随时可以到对方国家来一场“说走就走”的旅行，相互交往更加方便快捷。马纳萨良表示，几年前到亚美尼亚观光的中国游客只有几百人，2018 年赴亚美尼亚的中国游客增长到近万人，欢迎未来有更多中国游客到亚美尼亚看一看。

共建“一带一路”不仅拉近了两国人民心灵距离，还促进了多领域合作。近年来，亚美尼亚对支持“一带一路”倡议表现出很高的热情，两国在经贸、基建、能源、安全等领域深入协作往来。目前，中国长期稳居亚美尼亚第二大贸易伙伴国地位，中国企业正在积极参与亚美尼亚当地基础设施建设，亚美尼亚也希望推动更多商品进入中国市场，享受中国发展红利。马纳萨良说，亚美尼亚葡萄、杏等水果品质很好。“我们正在组织有关专家研究水果保鲜问题，希望未来中国消费者能够买到更多亚美尼亚特色产品。”马纳萨良表示。



## 对上合组织的未来充满信心

让中国与亚美尼亚越走越近的还有两国对和平的共同期盼。早在中国人民抗日战争时期，6000 多名亚美尼亚籍苏联红军将士参加了在中国东北的对日作战，支持中国人民的反法西斯事业，同世界上所有热爱和平的国家和人民一道，共同维护好国际和平正义。马纳萨良说，亚美尼亚非常看重二战这段历史，正在深入挖掘相关细节。

如今，面对国际和地区局势日趋复杂，两国在重大国际问题和地区问题上加强协调和配合的重要性愈加凸显。

上海合作组织是维护地区安全和稳定的重要国际合作机制之一，在打击“三股势力”（恐怖主义、分裂主义和极端主义）、毒品走私和有组织犯罪等领域取得了巨大成就。亚美尼亚作为欧亚交界的内陆国，与上合组织拥有共同的理念和价值观，有共同的安全稳定诉求。近年来，随着上合组织影响力不断扩大以及务实合作持续推进，亚美尼亚对上合组织的未来充满信心。“上合组织最重要的能力之一就是反恐能力，我们深刻理解反恐在维护地区安全中的重要性，并且愿意积极参与地区反恐合作。”

马纳萨良说。

近年来，亚美尼亚积极在上合组织合作框架下参加多领域活动。2016年，亚美尼亚正式成为上合组织的对话伙伴。马纳萨良表示，亚美尼亚已经向中国和上合组织表达了成为上合组织观察员国的意愿，“我们已经做好在上合组织中再次提升身份的准备”。

（文 / 孟庆川　原载于《人民日报海外版》2020 年 1 月 3 日第 8 版）

·采访手记·

# 跟大使来一场穿越千年的文化交融

千年前，古丝绸之路的漫漫风沙曾吹进这个欧亚交汇点。随着历史更迭，亚美尼亚商人利用马可·波罗提供的经典路线，从地中海穿越大半个中国走到太平洋西岸，将本国的珠宝、药材、皮革等运往中国，瓷器、丝绸、茶叶等中国商品则被带到亚美尼亚。至今，亚美尼亚地毯花纹中还保留着中国龙的形象。

尽管做了大量准备工作，这个坐落在高加索山麓间的国度，对于栏目组的每个人来说仍然是陌生的。和往常一样，在去往亚美尼亚大使馆的路上，每个人都感到兴奋和好奇。“你之前听说过亚美尼亚吗？”“这个还真没有！”“他们首都叫埃里温。城市面积不大，听说两个小时就能走完……”

当一步步走近亚美尼亚使馆时，我们之前对于这个国家模糊的想象逐渐变得清晰起来。亚美尼亚驻华大使馆的外墙是在北京三里屯整个使馆区都很少见的砖红色，看起来格外显眼。亚美尼亚国徽沿用了欧洲国家常见的“动物＋盾”设计样式。远远望去，我们只能看清楚“左鹰右狮”守护着一面盾牌，至于其中所表达的深意，只能留待向使馆人员请教了。

"嗨！欢迎你们！"大使秘书玛丽亚热情地向我们打招呼，也打断了我们的遐想。栏目组一边同她沟通专访细节，一边走进了使馆。让我们略感惊讶的是这里浓厚的"中国风"：大厅墙角，一树梅花傲然挺立；会客厅内，中式屏风古色古香；会议室里，中国陶瓷精美绝伦。对此，摄像师特别满意，有了这些元素，通过镜头构图，视频表现会更有张力。

在采访人员认真准备、推敲问题的同时，采访间已经布置妥当。为了尽快营造轻松的访谈氛围，让大使打开心门，我们以大使熟悉的使馆环境为切入点，像拉家常一般向马纳萨良大使询问这些中国装饰元素背后的故事。大使谈兴渐浓，他的"中国故事"就这样铺展开来。

马纳萨良大使告诉我们，"中国风"影响着亚美尼亚，很多亚美尼亚年轻人都会说中文。繁忙的工作之余，大使本人积极参加中亚文化交流活动，对书法、诗词、手工艺品等中国传统文化兴趣浓厚。赴使馆采访之前，栏目组深度调查发现，大使曾即兴挥毫，写过汉字。于是，我们特意提前备上毛笔、墨汁、宣纸等用品，还特意带上马克笔、红纸等以备不时之需。采访中，大使先生就两国文化交流侃侃而谈，对中国文化的深刻见解更是让我们信心大增。待采访接近尾声，栏目组巧妙地将议题引导回汉字与书法上，顺势邀请大使为海外网留下墨宝。

在相谈甚欢的氛围中，大使爽快地答应了栏目组的请求。由于采访现场空间有限，也没有合适的案几，大使决定用马克笔代替毛笔，在红纸上书写"我在中国当大使"7个字。栏目组赶紧拍照片、录视频，原汁原味记录下大使写汉字的全过程。

大使一边仔细观察栏目海报上的行楷标语，一边在空中比画着"横竖撇捺"，做着下笔前的准备。苏轼曾说过："故画竹，必先得成竹于胸中。"大使左手持笔，反复勾画，7个字用时3分钟。整个过程，大使可以说是全情投入、一言不发，不时地抬头看字进行比对，对不满意的地方进行修补。随着"使"字最后一个笔画"捺"的收笔，大使墨宝创作完毕。无论是布局、顺序的整体观感，还是大小、笔触的细节之处，大使都力求完美，足见大使的满满诚意。至于类似“绘画”的手法，大使笑着解释说这是因为他是工程师出身，画画是他的拿手好戏。

采访结束后，大使同我们一一握手告别，并热情地邀请我们在使馆多待一会儿，让玛丽亚带我们看看使馆里的亚美尼亚元素。通过介绍，我们更加真实地感受到这个遥远国度的文化温度。

回到编辑部，栏目组迅速整理素材，精心剪辑，以“中文八级！外国大使中文写得这么棒”为主题制作一段30秒短视频，并在短视频平台同步推广。数小时内，这条短视频迅速收获30万以上的播放量，“大使中文好厉害”“亚美尼亚大使馆很漂亮”“亚美尼亚是个很美的国家，一定要去旅游一趟”……网友的互动留言在社交网络不断刷屏。

正如大使所说，书法所代表的不仅仅是中华文化，背后蕴藏着积淀深厚的中国哲学。即使语言不通，但流传千年的文化与精神因传承焕发新生，因交融而更加绚丽璀璨。

（文/牛宁　张六陆　原载于《人民日报海外版》2020年1月3日第8版）

# 神秘而独特的亚美尼亚

亚美尼亚的传奇和神秘色彩，源于它悠久厚重的历史。亚美尼亚是世界上最古老的民族之一，公元前 9 世纪到公元前 6 世纪时就建立了乌拉尔图王国，而公元前 1 世纪形成的亚美尼亚王国曾是当时东欧最强大的国家之一。公元 301 年，亚美尼亚定基督教为国教，成为历史上第一个基督教国家。在拜占庭、罗马、波斯、奥斯曼帝国各自兴盛的时期，亚美尼亚人民遭受了侵略。在第一次世界大战之后，亚美尼亚加入了苏维埃社会主义共和国联盟，在苏联解体后成为独立国家。

波澜壮阔的历史，源于亚美尼亚独特的地缘位置。地处黑海和里海之间，亚、欧、中东的交界地带，北有格鲁吉亚与俄罗斯，南临伊朗，西临土耳其，东临阿塞拜疆，亚美尼亚被环抱在中央，成为一个内陆国家。但这丝毫不影响亚美尼亚地理风貌的多样性：境内多山，90% 的领土海拔在 1000 米以上，亚美尼亚的西南部是亚拉腊大平原，东部则有塞凡洼地和境内最大的塞凡湖。山峰与平原，森林与湖泊甚至沙漠，多样的自然风光，再加上四季变换，亚美尼亚的面容更显得深邃。

亚美尼亚首都埃里温　戈尔·达夫提安 / 摄

尽管历经沧桑，亚美尼亚人从未放弃过自己民族的文化。他们至今使用最古老语言之一的亚美尼亚语，使用 38 个字母组成的拼音系统，在语言学界被单独列为一个语系。这种有趣的语言记录了亚美尼亚一脉相承的文化。在亚美尼亚，共有 3 处历史遗迹被联合国教科文组织指定为世界文化遗产，分别是埃奇米亚津教堂和兹瓦尔特偌兹教堂、格加尔德修道院和上阿扎特山谷，以及萨那欣修道院和哈格帕特修道院。

悠久的历史与得天独厚的地理条件，赋予了亚美尼亚人古老纯熟的酿酒技艺。据考古学家称，在亚美尼亚的文化遗址里，曾经发现过古老的葡萄酒酿造设备，例如用来压榨葡萄的缸器、葡萄种子、榨取残留物、发酵用的陶罐以及盛酒的器皿等。史料记载，亚美尼亚酿酒历史可追溯到公元前 9 世纪的乌拉尔图文化时期，在外高加索地区发现了葡萄种植遗迹，由此证明亚美尼亚栽培种植葡萄历史悠久。亚美尼亚人相信，世界上酿造第一杯葡萄美酒的地方是在亚美尼亚。

好酒要有美食配。与周边国家类似，亚美尼亚人喜欢用各种香辛料腌制牛羊肉，在炭火上烧烤。所以在亚美尼亚饭桌上，你经常会见到烤全羊、烤肉串、烤肉饼。整块的带骨羊肉串和煮羊肉是他们设宴款待宾客的首选，羊脚则用来做“哈什”（一种奶白色肉汤）。他们也用本地盛产的包心菜、番茄等蔬菜，加上一点碎肉，用葡萄叶包裹着做成“卓玛”。亚美尼亚人一般将面包或者“拉瓦什”薄饼作为主食，当然也有独特的牛羊肉饺子，一般蘸着大蒜酸奶或番茄酱享用。

（文 / 任天择　原载于《人民日报海外版》2020 年 1 月 3 日第 8 版）

# 巴巴多斯

## Barbados

我/在/中/国/当/大/使

# “每年举行‘鱼龙节’庆祝中国春节”

## ——访巴巴多斯驻华大使哈伦·亨利

巴巴多斯驻华大使哈伦·亨利　付勇超／摄

"我喜欢中国艺术、音乐、书法，但我最喜欢的还是中国美食。"巴巴多斯驻华大使哈伦·亨利曾在中国学习生活多年，能说地道的北京话。在大使看来，中国地域广阔，风格多元，同一种食材在不同地方有不同的烹饪方式，"比如饺子，在北方是水饺，在南方是蒸饺，到了上海是煎饺，它们都很美味"。亨利喜欢从美食中感受中国的多元文化，也期待从中国的不同领域找到深化巴中合作的新机遇。

## "外卖小哥称赞我的普通话"

一口流利的普通话，地道的北京音，是亨利在北京生活多年练成的。2011 年，亨利进入清华大学计算机系学习，本科毕业后，他继续深造，2017 年在清华大学社会科学学院获得法学专业硕士学位。

回想起学习时光，亨利的眼中难掩怀念之情："2011 年我刚入校时，适逢清华大学百年校庆，举行了许多庆祝活动。"亨利说，在其中一场晚会上，他熟悉的中国演员成龙登台献唱，给他留下了深刻印象，"成龙唱得特别好，在那之前我都不知道他会唱歌。也是在那一刻，我感觉到清华是一所特别的大学，北京是一座很特别的城市。"随后的日子里，偌大的清华园为亨利提供了学习成长的舞台。"丰富多彩的活动、定期举办的讲座，都让我受益颇多。"亨利说。

校园生活之外，亨利特别注重从日常生活的细节里了解中国。亨利特别喜欢与中国老百姓“搭话”，无论对方多大年龄、什么职业，亨利都抱着积极的心态去沟通，这也成了他掌握汉语的“诀窍”。亨利认为，中文有口语、书面语之分，有声调之变，还有方言之繁，需要持之以恒的努力才能学好，而最关键的就是要开口说。“我讲的‘多开口’，不仅指的是跟老师或者同学对话。”亨利说，“中国是一个多元的国家，各地发音不尽相同，还要多接触不同的口音，才能对中国有更全面的了解。”

宿舍管理员、外卖小哥、出租车司机等都成了亨利中文学习路上的“一字之师”。在中国朋友们的友善帮助下，亨利的中文说得更加流畅自然，还因此引发不少趣事。一次，他在学校宿舍点了一份宫保鸡丁饭的外卖，取餐时，送餐小哥不相信刚刚用地道京片子接电话的是位外国人，甚至要求当面打电话“核实身份”，亨利索性也当面接起电话说：“喂，你好，对，就是我。”“因为我的普通话自带儿化音，很多次去取餐时他们都不相信订餐的是个外国人。”亨利笑着说，“外卖小哥称赞我的普通话，我觉得这些都是很有意义的经历。”

## 中文纳入巴巴多斯教育体系

在华留学经历让亨利尤为重视增进巴中两国教育合作。他介绍，从2010年起，巴巴多斯赴华留学生数量一直稳定增长；同时，不断扩容的中国赴巴留学生也为巴巴多斯高校提供了发展机遇。亨利希望未来可以进一步推动巴中两国高校间的交流与合作。他举例说，苏州高博软件技术职业学院与西印度大学在巴巴多斯共同建立中国信息工程学院，巴中学生得以到彼此国家交换学习，“我们期待能有更多这样的合作”。

亨利认为，巴中教育合作不仅仅在高校层面，更应该在中小学阶段得到深化。他表示，很多巴巴多斯人渴望了解更多中国文化，“在巴巴多斯小学里，6 岁的孩子有机会学习中国语言和文化。到了中学教育阶段，中文已被纳入课程体系的一部分”。巴巴多斯驻华大使馆通过访问学校、举办活动的方式，邀请中国学生欣赏巴巴多斯美景，了解巴巴多斯文化。亨利由衷期盼能将巴中友好的种子深植学生心底。

中巴相隔虽远，但民心相通。最具代表性的，是近年来在巴巴多斯举办的“鱼龙节”活动。“巴巴多斯每年举行‘鱼龙节’庆祝中国春节。”亨利说，“鱼代表着加勒比海的飞鱼，是巴巴多斯饮食的重要组成部分；龙则是中国文化的重要元素。这个节日是两国文化的融合。”8 年来，“鱼龙节”吸引数以万计的巴巴多斯人参与其中，其影响力也逐步拓展到整个加勒比地区，成为庆祝中国春节的知名品牌。“周围临近岛屿的人会飞到巴巴多斯来参加庆祝活动。”亨利说，“很多在巴华人可能无法回家与家人团聚，我们希望为他们提供这样一种庆祝仪式。”

“今年是中国农历虎年，虎年代表着力量和勇气。”亨利表示，“面对新冠肺炎疫情，拥有力量和勇气是最重要的，我们看到中国在控制疫情方面表现出色，希望这份成功得以延续。”

## 两国携手抗疫书写佳话

防疫期间，中巴两国相互支持、同舟共济，书写了两国关系中的又一段佳话。中国先后向巴巴多斯援助了 3 万剂新冠疫苗和 14 批急需的抗疫物资。“巴巴多斯非常感谢中国援助的疫苗，这极大地帮助我们抗击疫情。”亨利表示，中方提供的抗疫物资也助力巴巴多斯公共卫生体系，在控制疫情方面发挥了重要作用，“我们希望能在全球抗疫行动上看到更多这样的合作，确保每个国家都能得到帮助。当所有人安全了，才是真安全。”

今年是中国和巴巴多斯建交 45 周年，站在新的历史起点，亨利对深化两国合作充满期待。“过去 45 年里，巴巴多斯和中国的关系一直很和睦，我们的合作一直建立在互相尊重的基础上。”

在亨利的对华合作清单上，农业被放在很重要的位置，“农业是巴巴多斯经济发展的重要组成部分”。出任驻华大使以来，亨利访问了广西、云南等地，中国农村的创新发展和科技应用给他留下了深刻印象，“希望双方未来可以分享此类科技，深化两国农业合作”。亨利还特别提到，巴巴多斯政府高度重视粮食安全。在疫情冲击全球供应链的背景下，粮食的重要性更加凸显。“巴巴多斯希望在粮食供应方面深化与中国的合作，实现自给自足。”

农业之外，旅游观光、工业生产、金融服务、信息技术……亨利期待能在各行各业推动巴中深化全面合作。2021 年底，亨利飞赴山城重庆出席中拉企业家理事会年会暨中国（重庆）—拉美经贸交流会。“这次活动很有意义，为巴巴多斯吸引全球投资的同时，也展现了巴巴多斯欢迎投资的市场氛围和激励政策。”亨利希望在“一带一路”倡议的大框架下，向中国市场推介巴巴多斯，并邀请更多中国投资者到巴巴多斯兴业。

（文 / 张六陆　原载于《人民日报海外版》2022 年 2 月 21 日第 11 版）

· 大使说 ·

# 哈伦·亨利：期待巴中深化合作



巴巴多斯1977年与中国建立外交关系。45年里，巴中双边关系基于相互尊重和合作，并在高级别官员交流中得到加强。近年来，巴巴多斯领导人与高级别官员多次访问北京。

中国是与巴巴多斯签订鼓励和相互保护投资协定、所得税避免双重征税和防止偷漏税协定的国家之一。巴巴多斯和中国一直保持良好关系，中国1982年在巴巴多斯设立了大使馆，巴巴多斯也在2010年设立了驻华大使馆。两国在文化、教育、培训和基础设施方面持续合作。2015年，西印度群岛大学凯夫希尔分校设立了孔子学院，该学院已成为加勒比地区的中文测试中心。此外，2017年，巴中双方达成协定，实现两国全面互免签证。

2019年，巴巴多斯与中国签署“一带一路”合作谅解备忘录。自那时起，两国关系取得长足进步。我们期待随着双方在“一带一路”倡议下继续合作并推进以下事项：寻求增加贸易联系，促进商业和投资，促进绿色能源，追求可持续发展，应对气候危机和参与基础设施建设发展。

巴巴多斯拥有充满活力的商业环境，希望能够减轻新冠肺炎疫情对商贸发展、公共健康和人民福祉的不利影响。对于在高度竞争的全球市场中寻求发展的投资者而言，巴巴多斯是首选地之一。特别是对中国投资者来说，巴巴多斯在采掘业和财富管理方面很有潜力。

我期待可以帮助巴中双方扩大技术合作，增进人文交往，挖掘商业和教育机会，继续拉近两国和两国人民的距离。

（文 / 巴巴多斯驻华大使哈伦·亨利　原载于《人民日报海外版》2022 年 2 月 21 日第 11 版）

## 大使有一口“京腔”



面对“我在中国当大使”栏目组的镜头，巴巴多斯驻华大使哈伦·亨利一开场就“秀”出一口流利的中文：“大家好！我是巴巴多斯驻华大使。欢迎来巴巴多斯玩儿！”地道的“儿化音”，瞬间拉近了我们彼此的距离。

学中文、说中文是此次采访的重要话题。亨利大使不但分享了自己学习中文的秘诀，还希望未来能有更多巴巴多斯学生在学中文的过程中了解中国、亲近中国。采访期间，大使时常不经意脱口而出几句中文，这足见大使对中文的掌握相当纯熟。当亨利大使聊起学生时代点餐时说的“宫保鸡丁、两碗米饭”，一下子把栏目组拉进了大使的青春岁月。当栏目组请他详谈一些中巴合作细节时，亨利大使立刻回答：“好的，好的，没问题！”京腔京韵让人感受到亲近，这是此次采访中最“暖”的感受。

而说到巴巴多斯驻华大使馆最亮的一抹色彩，要数摆放在会客厅门口的巴巴多斯国旗了。整面国旗由间隔排列的宝石蓝与金黄色长方形组成，正中是一个特殊的三叉戟标志。据介绍，国旗中的蓝色代表巴巴多斯纯净的大海，金黄色代表温暖的沙滩，而三叉戟象征着希腊神话中的海神波塞冬，同时也代表了巴巴多斯所在的加勒比海文化习俗。

穿过门厅走廊，进入此次采访的会客室，厅内最显眼处摆放了两个陈列柜。其中一个百宝阁摆放着琳琅满目的陶艺品，花纹繁杂，五颜六色，缤纷的色彩充分展现了加勒比风情。另一个玻璃柜陈列着高高低低的酒瓶，佳酿的琥珀色光泽显得温润醇厚。打开柜门，一股糖蜜发酵后的陈香扑鼻而来，让人不禁想到巴巴多斯当地那句谚语："有甘蔗的地方就有朗姆酒。"

"期待有一天蕾哈娜可以来中国举办演唱会！"在大使眼中，深受中国歌迷喜爱的巴巴多斯女歌手蕾哈娜也是两国文化交流的"大使"。栏目组以此为主题制作短视频，在微博、抖音、B 站、优兔等平台吸引了不少粉丝留言。还有网友对亨利大使的"儿化音"印象深刻，纷纷发帖——"大使中文说得真棒""他的普通话讲得比我都好"。

（文 / 吴正丹　原载于《人民日报海外版》2022 年 2 月 21 日第 11 版）

# "胡须岛"的魅力与活力

巴巴多斯位于东加勒比海小安的列斯群岛最东端。1518 年西班牙人登岛时，看到岛上无花果树长出的蜿蜒藤蔓形似胡须，于是以西班牙语"巴巴多斯"（意为"胡须"）给这个岛命名。

"胡须岛"自然之美令人陶醉。加勒比地区共有的明媚阳光、蔚蓝海水、洁白沙滩自不必说，巴巴多斯独具特色的花、鸟、鱼等物种更令游客难忘。

巴巴多斯国花金凤花明艳动人，花冠橙色，边缘镏金，植株颀长，整体可高达 3 米。金凤花常年盛放于枝头，是这个热情小岛的绝佳象征。说到巴巴多斯的国鸟白鹈鹕，其最大特征就是嘴巴下面的"网兜"（学名为"喉囊"），虽显得硕大笨重，却是白鹈鹕捕鱼的利器。白鹈鹕之所以栖息于巴巴多斯，是由于周边海域渔产丰富，飞鱼是其中代表。巴巴多斯著名的飞鱼真的可以"飞"，一跃而起甚至可以飞离水面十几米高，在海面滑翔上百米远。白鹈鹕扬翅飞翔，飞鱼潮头逐浪，这幅图景展现了巴巴多斯大自然的美。

感受过充满活力的加勒比自然之美，可以走进巴巴多斯主城领略人文风光。首都布里奇顿市位于巴巴多斯西南海岸的卡里斯尔湾，1628 年由英国殖民者建立，是一座历史近 400 年的老城。据说殖民者登陆时发现了一座印第安人搭建的木桥，于是就有了英文“桥镇”（音译“布里奇顿”）这个地名。

布里奇顿是西印度群岛的深水良港之一，繁忙的港口百舸千帆，是东加勒比地区的贸易枢纽。著名的巴巴多斯国家英雄广场位于市中心卡里内奇河附近，广场边耸立着用珊瑚石建成的哥特式大楼，巴巴多斯议会大楼

巴巴多斯布里奇顿　斯科特・贝特曼 / 摄

就位于此。广场的另一边，则是热闹的现代化商业区——布罗德购物大街。游客行走于古旧建筑与现代化楼宇之间，感受到布里奇顿不同人文风情的交互融合。

从布里奇顿向东前行约 5 公里，有一处绿草如茵、繁花盛开的纪念园。园子中央有一座 3 米多高的大理石基座，其上伫立着一尊身形健壮的黑奴铜像。只见他两腿微微弯曲，一前一后叉开，厚实的手掌上捧着一段被挣断的锁链。从他凝望远方的眼神中，不难看出他对自由解放的期盼。在加勒比地区，常常可以看到类似的独立纪念碑或是奴隶解放纪念塑像，无声地讲述着这座美丽岛屿上曾有过的特殊历史。

至今，在巴巴多斯一年一度的狂欢节上，仍然保留一个重要环节——参加庆典的男女老少用石子砸向一个被点燃的人像。人像代表着“哈丁先生”——历史上一位欺压劳工的工头。巴巴多斯人借焚烧“哈丁先生”宣泄郁积一年的劳苦，也透露出经历抗争后翻身做主人的激动心情。

狂欢节的主题更多还是分享丰收的喜悦。巴巴多斯狂欢节又称“甘蔗节”，一般在每年夏季精彩登场，因为这正是甘蔗收获的时节。庆典以最后一批满载甘蔗的运蔗车归来为开端，欢庆的人们敲响挂在树上的铜锣，喜气洋洋的氛围扑面而来。载歌载舞的人们脸上涂着油彩，身着饰有亮片的华丽舞衣，在歌声、鼓声中尽情挥动手中的花束。若是游客赶上这一节庆，一定不要错过。

（文 / 吴正丹　原载于《人民日报海外版》2022 年 2 月 21 日第 11 版）

# 白俄罗斯

## Belarus

我/在/中/国/当/大/使

# “中国品牌深受消费者喜爱”

## ——访白俄罗斯驻华大使尤里·先科

白俄罗斯驻华大使尤里·先科　付勇超／摄

中国与白俄罗斯建交29年来，两国相互支持，双边关系不断发展。白俄罗斯驻华大使尤里·先科日前接受人民日报海外网专访时表示，白俄罗斯与中国之间有“铁哥们”一般的情谊，更有人说两国是“不锈钢友谊”，这是两国全面战略伙伴关系在任何情况下都不会动摇的真实写照和有力证明。

## “白中地方合作潜力巨大”

2020年12月，尤里·先科飞抵北京，出任白俄罗斯驻华大使。对于全新的工作岗位，先科有清晰的目标和规划。他说，推动两国领导人之间的友好对话、促进两国在国际舞台上相互支持、拓展双边合作的具体领域是他的三大“主要任务”。“我们将努力确保白俄罗斯和中国之间的合作以越来越快的速度发展，同时涵盖越来越广的主题。”先科说，“我对白中关系的发展前景持乐观态度，白俄罗斯驻华大使馆将尽一切可能激发两国合作潜能。”

带着这份责任和期待，2021年1月底，先科前往重庆市，出席白俄罗斯驻重庆总领事馆的开馆仪式。这是他就任大使以来首次访渝，也是他在中国的第一次公务访问。先科介绍说，新设立的白俄罗斯驻重庆总领事馆将为重庆、四川、湖北、甘肃、陕西、云南等6个省市、超过3.4亿人口提供领事服务，“在促进双边人员往来交流的同时，着力挖掘两国地方合作方面的新可能”。

事实上，重庆市与白俄罗斯的合作由来已久。近年来，作为连接欧亚大陆天然枢纽的白俄罗斯，通过“一带一路”倡议与中国西部大开发重要战略支点重庆相连，中欧班列飞驰，人文交流丰富多彩，书写了两国地方务实合作的佳话。

先科看到，在新冠肺炎疫情影响下的2020年，重庆依然保持经济增长势头，彰显强大韧性，这也给了他探索双方进一步合作的信心。“白中地方合作潜力巨大。”先科说，“我们期待与重庆等地在各个领域特别是在‘一带一路’方面深化合作。”

## “家人喜欢中国智能家电”

10年前，首趟中欧班列（渝新欧）从重庆出发，揭开了中欧班列发展的序幕。也正是在那一年，中白两国签署合作协定，决定在白俄罗斯明斯克州共建一座国际化工业园区。10年后的今天，这座承载两国领导人殷殷期望的“巨石”工业园已成为中白合作的最佳范例。

“建设中白工业园是两国领导人的共识。”先科说。与“一带一路”倡议几乎同步推动建设的中白工业园，被形容为“丝绸之路经济带上的明珠”。近年来，在两国政府的积极支持下，中白工业园开发建设快速推进，已成为地区合作模范工程和“一带一路”合作标志性项目。

截至目前，“巨石”工业园共吸引了近70家企业入驻，其中超过半数来自中国，业务范畴涵盖汽车制造、工程器械、综合物流、电子通信等多个领域。“它们当中有不少‘名牌’。”先科说，“华为、中兴等企业都已在工业园开设了办事处，我们也期待帮助白俄罗斯实现‘汽车梦’的吉利公司入驻园区。”

得益于两国关系长期稳定的发展势头，中国品牌在白俄罗斯的影响力不断增加。“中国品牌深受消费者喜爱。”先科介绍说，吉利汽车在白俄罗斯很受欢迎，华为、中兴、小米、美的、联想等中国电子设备品牌也以优质性能赢得了消费者的心。

先科本人对“中国制造”有极高评价。在他负责白俄罗斯海关事务期间，白俄罗斯从中国采购过扫描仪等设备。“中国生产的设备质量非常高，用上几十年完全没有问题！”先科说，“中国产品遍及全球100多个国家，这就是中国产品优质的有力证明。”而在工作之外，先科和家人更是成了中国智能家电的“粉丝”，“家人喜欢中国智能家电，它们大大便利了我的日常生活”。

## “盼望更多人用中国疫苗”

中白友谊不仅体现在生活中的“烟火气”，更有迈向明天的“强动力”。防疫期间，中白守望相助、携手并肩，为两国友谊增添了新的时代注脚：两国元首就加强中白抗疫合作多次交换意见，白方两次派军机向中方援助共计约40吨抗疫物资，两国医疗专家多次通过视频方式分享交流抗疫经验，中国政府与社会各界向白方援助多批抗疫物资……

“白中抗疫合作堪称典范，两国携手通过了疫情考验。”先科说。今年2月，中国政府援助白俄罗斯的新冠疫苗运抵首都明斯克，为白抗击疫情提供助力。先科表示，中国疫苗有很高的保护率，已经在世界多国得到批准和使用，为世界疫情防控作出了贡献。“盼望更多人用中国疫苗。”他说。

曾任白俄罗斯海关委员会主席的先科格外关注白中贸易动态。他说，中国是2020年唯一实现正增长的主要经济体，不断增长的巨大市场为白俄罗斯商品提供了舞台。2020年，即便是在全球贸易遭受重创的大背景下，白俄罗斯对华贸易依然有令人振奋的消息传来：白俄罗斯向中国出口了超过 7 亿美元的商品，鸡肉、乳清、牛奶和奶油对华出口分别增长 3 倍、120%、60%，白俄罗斯的糖、啤酒、冰淇淋首次进入中国市场……

“所有这些构成了我们日益增长的出口潜力，中国对白俄罗斯的高质量产品感兴趣。”先科充满信心地说，“我们的任务就是满足中国消费者的需求，保障质量和安全。相信 2021 年白俄罗斯对华出口将进一步扩大。”

（文 / 张六陆　原载于《人民日报海外版》2021 年 5 月 17 日第 8 版）

# 尤里·先科：白中两国是真正的“铁哥们儿”

当前，白俄罗斯同中国的关系在诸多领域都堪称典范。两国在地理上相距甚远，在文化和观念上也有所不同，但这让我们对两国政府之间的高度互信、两国元首和白中人民之间的真正友谊以及双方在各个领域取得的发展进步更加感到骄傲。

“铁哥们儿”这一定位已经在白中双边关系中牢固确立，也有人习惯用“不锈钢友谊”的说法，这充分彰显了白俄罗斯和中国之间战略合作的本质——在任何情况下都不会动摇。我们打算在两国关系的新高度上正式确立“铁哥们关系”和“全天候伙伴关系”，我相信，两国关系将在不久的将来达到这一水平。

在应对新一轮全球挑战的过程中，作为真正的战略伙伴，白俄罗斯和中国在众多国际议题上的立场和意见一致。我们两国一直在国际舞台上相互支持，作为真正的“铁哥们”，白中在抗疫合作的困难时期互相施以援手，双方在经贸等领域的合作持续深化。

2020 年，中国迅速控制住疫情蔓延并率先复工复产。中国领导人有力地组织了防疫工作，广大人民做到了自律、团结和互助。成功应对疫情，功勋属于每一位中国人。

2020 年，中国还如期完成了脱贫攻坚任务。我由衷钦佩中国在消除绝对贫困方面做出的独具特色、前所未有的努力。实现这一壮举离不开中国人民的团结和辛勤工作，我还想特别强调中国共产党在其中发挥的重要作用，中国各级政府都肩负起了责任。

2020 年，“人类命运共同体”理念比以往任何时候都显示出其重要性和现实意义。面对新冠肺炎疫情这一全球性挑战，一些国家表现出强化保护主义、个人主义的政策倾向。然而，时间告诉我们，面对疫情，任何国家都无法独善其身。这足以说明“人类命运共同体”理念与全球和平、发展和安全目标高度一致。

2021 年，中国共产党迎来百年华诞，中国向世界展示了令人惊叹的发展成就。如今的中国是全球第二大经济体，尽管当前整个世界正面临着困难，中国国内生产总值仍在以最快的速度增长。

2022 年，白中两国将迎来建交 30 周年。当前，两国交流合作的紧密程度超过历史上任何时期，双边关系发展正在迈向更高层次。比如，作为白俄罗斯参与“一带一路”倡议的关键项目，中白“巨石”工业园是当下共谋合作发展最具示范性的例子。目前，共有来自 14 个国家的近 70 家企业入驻园区，这反映出“巨石”工业园的吸引力和国际地位。据《金融时报》报道，作为“一带一路”倡议的组成部分，中白工业园被评为“2020 年最佳经济特区”。

得益于优越的地理位置，白俄罗斯在发展中欧班列过境运输方面具有巨大潜能。2014 年，共有 3.9 万个集装箱过境白俄罗斯，这一数字在 2020 年升至约 54 万，增长了约 13 倍之多。

白俄罗斯同中国的关系正持续稳定地向前迈进，推动两国关系更广更深发展是我们共同的任务。我坚信，在两国领导人的共同努力下，双边合作将继续得到有效发展，不断造福白中两国人民。

（文 / 白俄罗斯驻华大使尤里·先科　原载于《人民日报海外版》2021年5月17日第8版）

·采访手记·

# 大使竖起了大拇指

走进白俄罗斯驻华大使馆前厅，只见“两只紧握的手”摆放在厅内中央陈列柜最显眼的位置上——这是一尊用铜铸就的雕塑，彰显着中白两国“铁哥们”一般的情谊。雕塑下方“合作共赢，至诚至信”的字样，更是中白两国友好关系的现实写照。

在白俄罗斯驻华大使馆，能讲一口流利汉语的工作人员不在少数。走入会客厅，使馆工作人员德米特里用标准的中文跟我们打招呼：“您好，欢迎来到白俄罗斯驻华大使馆，很高兴见到你们！”他专门介绍说自己名字中的“米”是“大米的米”，我们夸赞他中文说得很标准，他不好意思地笑笑，说自己的汉语水平“马马虎虎”。

白俄罗斯驻华大使尤里·先科进入会客厅，与栏目组成员一一握手致意。我们向大使展示《人民日报海外版》往期“我在中国当大使”系列报道时，他特意戴上眼镜认真阅读。看到栏目组对前厅的“握手”雕塑感兴趣，先科大使说：“现在用‘铁’来形容白中关系还不够，应该用‘不锈钢’来形容，因为‘不锈钢’不会生锈。”

先科大使介绍，白中两国日益紧密的合作关系还体现在人们的日常生活中，“中国的茶和白酒在白俄罗斯特别受欢迎”。随后，大使饶有兴致地向我们推介起白俄罗斯的产品，“我推荐的都是有助于身体健康的产品，白俄罗斯露酒是男士们的不二选择，女士们可以试试桦树汁，白俄罗斯的巧克力和婴儿牛奶食品也要推荐给中国的孩子们”。

采访结束后，走到前厅“两只紧握的手”雕塑前，大使面带笑意地竖起大拇指，这一瞬间都被栏目组的镜头捕捉到。当天，“我在中国当大使”栏目组以《白中是“铁哥们”》为题发布短视频，吸引了超过 10 万网友“围观”留言。栏目组将视频传播情况告诉大使，大使回复说，非常感谢人民日报海外网的来访，视频内容非常鲜活，有助于增进白中两国人民对彼此的了解。

（文 / 赵壹晨　原载于《人民日报海外版》2021 年 5 月 17 日第 8 版）

# 卢布上的白俄罗斯风情

一望无垠的平原、郁郁葱葱的森林、矗立千年的城堡……热情好客的白俄罗斯人为拥有如此丰富的自然景观而自豪，更愿意向远道而来的游客介绍白俄罗斯的人文景观，包括建筑、文学、音乐、舞蹈等。而这些享誉世界的人文元素，大多展现在白俄罗斯纸币——卢布的图案里。

2016 年版 50 卢布面值的纸币选取了艺术主题，主图是位于格罗德诺州的米尔城堡群。这座石头城始建于 15 世纪末至 16 世纪初，几次易手之后留下了白俄罗斯历史演进的足迹。起初，城堡展现出宏伟的哥特式风格；数十年之后，地位显赫的拉济维尔家族成为城堡主人，并在改建中为其注入了文艺复兴的崭新风格。而后 400 多年间，米尔城堡的主人换了又换，这一建筑群也在不断修缮中叠加起不同的风格。到了苏联卫国战争时期，德国法西斯一度将米尔城堡作为犹太人的聚居所。1947 年，政府着手保护这一历史建筑。2000 年时，联合国教科文组织将其认定为世界文化遗产。如今，在 50 卢布面值的纸币上，可以看到米尔城堡四方形的建筑群拐角处标志性的塔楼。四面体的塔身、八角的塔顶、墙面富于变化的装饰设计都展现出艺术性，而城堡完善的防御装置也显示了极强的功能性和实用性。

2000 年版 100 卢布面值的纸币一面别出新裁地选取了芭蕾舞《最爱》的场景，另一面则呈现了白俄罗斯首都明斯克的白俄罗斯芭蕾国家剧院图案。白俄罗斯芭蕾是世界艺术之林的佼佼者。瓦连京·耶利扎里耶夫是白俄罗斯最有名的芭蕾舞剧导演之一。1980 年首演的芭蕾舞剧《斯巴达克斯》是其代表作，精彩的表演深受观众喜爱。近年来，中国与白俄罗斯广泛开展文化交流。在中国举办“白俄罗斯文化日”活动期间，观众有机会在家门口欣赏白俄罗斯芭蕾舞蹈家的精湛表演。

2000 年版 5000 卢布面值纸币上的明斯克体育馆冬季运动训练中心、2016 年版 500 卢布面值纸币上的明斯克市白俄罗斯国家图书馆等设计元素，

位于白俄罗斯格罗德诺州的米尔城堡群（白俄罗斯驻华大使馆供图）

呈现出这个国家多元的软实力。

若说白俄罗斯清新美好的自然风光给人以宁静舒适的享受，那么以白俄罗斯卢布纸币上的人文景观为线索，探寻白俄罗斯深厚的人文底蕴，会让人更全面地读懂这个国家。

（文 / 吴正丹　原载于《人民日报海外版》2021 年 5 月 17 日第 8 版）

# 贝宁

# Benin

# “来中国当大使就是梦想成真”

## ——访贝宁驻华大使西蒙·阿多韦兰德

贝宁驻华大使西蒙·阿多韦兰德　谢明 / 摄

"来中国当大使就是梦想成真。"贝宁驻华大使西蒙·阿多韦兰德日前接受人民日报海外网专访时，分享了他2016年出任驻华大使时的心情。"正式就职驻华大使前夕，我在电视上观看了二十国集团领导人杭州峰会开幕式。"阿多韦兰德回忆说，"开幕式美轮美奂的表演令我惊叹，当时就希望可以来这个国家看一看。两个月后，我接到了派驻中国的任命。"

驻华5年，阿多韦兰德对西湖的"一见钟情"逐渐深化为对中国的"全面欣赏"。在他看来，中国发展经验值得包括贝宁在内的广大发展中国家借鉴，他期待贝中关系进一步深化。

## 用镜头记录今日中国

阿多韦兰德是一位摄影爱好者，在中国拍摄了许多照片。他喜欢用相机记录精彩瞬间，也记录他体验中国的每一步。大使在微信朋友圈分享的照片里，有泰山十八盘的雄奇、儋州植物园的海岛风情和云南石林的千姿百态，也有广东英德茶园里茶农忙碌的身影、浙江琐园村手工匠人竖起的大拇指和乌鲁木齐街头市民开心的笑容。他的镜头里，中国大地处处充满生机与活力。

在阿多韦兰德看来，中国能够实现跨越式发展，离不开中国共产党的正确领导。今年上半年，阿多韦兰德踏上一条"红色之旅"，到访井冈山、嘉兴、林州、重庆等地，深入了解当地历史。在浙江嘉兴，南湖红船让阿多韦兰德感受到中国共产党创始人的精神力量。在江西井冈山，革命老区的发展史让阿多韦兰德看到了中国共产党艰苦奋斗精神的传承。“我们这辈人都学习过中国革命史。”阿多韦兰德说，“来到井冈山对我很有意义。”

正是一代代中国共产党人不断赓续红色血脉、传承先辈精神，推动中国在建设和发展的征程上取得了一个又一个胜利。“前不久我去贵州，看到了中国共产党和当地人民为战胜贫困付出的巨大努力。”令阿多韦兰德感佩的是，在脱贫攻坚取得胜利后，中国共产党和中国人民并未就此停下脚步，乡村振兴工作随即展开，“中国的减贫经验对贝宁具有重要借鉴意义。”

阿多韦兰德表示，中国共产党成立 100 周年是一个重要的历史节点，不仅展示了中国共产党的过往，也预示着这个政党的光明未来。

## “中国疫苗反响热烈”

面对世界经济的复杂形势和全球性问题，任何国家都不可能独善其身。阿多韦兰德说，中国提出的“人类命运共同体”理念在贝宁深受赞誉，特别是在新冠肺炎疫情的背景下，中国对多边主义的坚守显得尤为珍贵。

自疫情出现以来，中国政府与社会各界多批次向贝宁捐赠防疫物资，为贝宁防疫工作提供了巨大助力。不久前，中国援助及贝宁政府采购的中国疫苗运抵贝宁，为两国抗疫合作再增暖意。当时在现场见证这一历史时刻的阿多韦兰德动情地说：“这是一个令人难忘的时刻！我们一直都期盼新冠疫苗的到来，当中国疫苗落地的时候，贝宁人民接种疫苗的愿望终于得以实现。”

阿多韦兰德说：“中国疫苗反响热烈，受到了包括商人、学生在内的贝宁社会各界的欢迎，人们很开心，因为一直很想接种中国疫苗，在接种后也给出非常积极的反馈。”他还特别提到了中国政府为海外中国公民接种新冠疫苗的“春苗行动”。他说，这一行动得到了贝宁卫生部的支持，“我有不少在贝宁的中国朋友都已经接种了中国疫苗。中国疫苗把大家聚集在一起，真正体现了人类命运共同体精神”。

阿多韦兰德认为，中国疫苗惠及多国，体现了中国负责任大国的担当。他清晰地记得在 2020 年 6 月中非团结抗疫特别峰会上，中方郑重承诺，新冠疫苗研发完成并投入使用后，将率先惠及非洲国家。阿多韦兰德说：“中国用实际行动兑现了诺言，同时这也助力了全球抗疫合作。新冠肺炎疫情是全球面对的挑战。中国为国际社会提供了非常重要的解决方案。”

## “‘中国制造’质量可靠”

阿多韦兰德介绍，在中非合作论坛的框架下，中国为贝宁经济社会发展提供了强有力的支持。在贝宁，不仅能看到友谊体育场、会议大厦、外交部办公楼、阿卡萨托—博希孔公路等一大批中国政府援建项目，还会发现华为等中国品牌已走进贝宁千家万户。“‘中国制造’质量可靠，非常符合贝宁用户的需求。很多中国产的日用品受到贝宁消费者好评，几乎每个家庭都在用。”阿多韦兰德表示，期待能把诸如新能源汽车等更多中国产品带进贝宁市场。

阿多韦兰德尤为重视推动两国民心相通。1988 年，非洲第一所中国文化中心落户贝宁首都科托努。“中国文化中心经常举办各类推进双方文化交流的活动，已成为联结贝中文化的桥梁。”阿多韦兰德说，中国画、中国舞和杂技等中国文化元素在贝宁很流行。

阿多韦兰德还特别强调促进两国年轻人相互交流的重要性。他认为，贝中应当开展更多面向未来一代的项目。一方面，阿多韦兰德希望加深两国教育合作。他表示，贝宁的年轻人对来华学习文化和技术抱有很大兴趣，

“我们期待贝宁在华学生的数量继续增长”。另一方面，阿多韦兰德还期待贝中在信息技术等领域展开更多交流，“年轻人代表着前景和希望，可以为两国关系带来更多活力和可能”。

阿多韦兰德还向即将举办的北京冬奥会送上了祝福，他一直密切关注这届冬奥会的筹备工作，认为北京冬奥会的设计风格和理念与往届相比非常不同。“北京冬奥会的场馆和场地不仅非常壮观，还与当地环境很和谐。我特别期待观看北京冬奥会开幕式，因为中国的开幕式总是非常令人惊艳。”

（文 / 张六陆　原载于《人民日报海外版》2021 年 9 月 27 日第 8 版）

## 西蒙·阿多韦兰德：深圳经验值得借鉴

2016年9月，在陪同贝宁共和国总统访华期间，我第一次来到深圳这座美丽的城市。那时，我还没有被任命为贝宁驻华大使。之后我又多次到访深圳，但那段为期4天的首访经历依然令我难忘。

深圳发展经历与经验是中国的骄傲，也值得非洲国家借鉴。经过41年的发展，深圳从一座南海边的小渔村变身成为一座智慧化“未来之城”，在金融、购物和物流方面逐渐具备强大影响力，并发展成拥有华为、腾讯等大型企业的全球科创中心。这就是深圳给世界的答卷。

2020年，我同多位驻华大使及外交官到访深圳。我们参观了“从先行先试到先行示范——庆祝深圳经济特区建立40周年展览”，看到了深圳改革开放的壮阔历程。这次对深圳的访问，为加强非中合作提供了新思路、发掘了新领域。

目前，已有多家来自中国深圳的企业在非洲开展业务。比如，华为集团除提供设备和技术外，还制定了多种培训业务，为当地非洲年轻人带来科技知识。我们想邀请更多中国企业，在电子商务、跨境贸易、卫生健康投资、建设智能城市等领域，进入拥有12亿多人口的非洲市场。

我想向中国共产党、中国政府和中国人民致以敬意：你们坚持不懈地同新冠肺炎病毒做斗争，你们的付出、牺牲、责任感和纪律性，为世界防疫提供了借鉴和动力。

（文/贝宁驻华大使西蒙·阿多韦兰德　原载于《人民日报海外版》2021年9月27日第8版）

## 有贝宁特色的大使“穿搭”



“我在中国当大使”栏目组已采访的 90 多位驻华大使中，大多数是西装革履面对话筒与镜头。这次“打卡”贝宁驻华大使馆，西蒙·阿多韦兰德大使身着本民族传统服饰，让人眼前一亮。

“欢迎来到贝宁驻华大使馆，很高兴见到你们！”阿多韦兰德大使热情地与栏目组打招呼。只见大使身着一袭浅蓝色针织长袍，前襟正中绣着几缕箭头状花纹，星状线条均匀分布在花纹空白处，整体设计简约，色彩淡雅清爽，极具贝宁民族特色。与现代制衣工艺的扎染技术不同的是，长袍上的花纹由特制的染色丝线缝制而成，针脚仿佛被“隐藏”一般，若非凑近细看，几乎难以察觉。

看到栏目组对其特色“穿搭”十分好奇，大使主动介绍说，这套长袍是贝宁传统特色服饰阿巴达（agbada）。除了款式之外，颜色对贝宁传统服饰来说也是重要元素，因为不同颜色适配不同场合。“比如，出席重要活动时应穿着白色或浅色服饰。而我今天穿的这件蓝色长袍就适合出席非正式场合。”大使向栏目组透露了这套长袍的“秘密”，原来在蓝色长袍之下还有另一套同色系的长袖衫，其布料工艺和长袍外套一致。

除了传统服饰外，贝宁人在美术、音乐、舞蹈等多个领域都有本民族特有的艺术体现。阿多韦兰德大使期待疫情过后更多中国朋友来贝宁旅游，切身感受贝宁与众不同的美。

（文/陆宁远　原载于《人民日报海外版》2021年9月27日第8版）

## "油棕之国"有"世外桃源"

贝宁位于西非地区，国土面积不大，绿色资源和旅游资源很丰富。这里因盛产棕榈油而享有"油棕之国"美誉，还有冈维埃水上村庄、彭贾里国家公园、科托努椰林海滩等风光旖旎的景点。

贝宁有两个首都——波多诺伏与科托努。其中，波多诺伏是贝宁最古老的城市之一，是如今贝宁国民议会所在地。它濒临几内亚湾，位于贝宁南部诺奎湖的东北岸。该地区雨季绵长，油棕林极为稠密，从高空俯视，宛如一片碧绿的海洋，因此波多诺伏也被称为"油棕之国"中的"油棕之城"。

距离波多诺伏 35 公里，坐落着贝宁另一个首都科托努。作为全国最大的港口和第一大城市，科托努设有贝宁中央机关与各国驻贝宁外交机构，是贝宁的政治、经济、交通和外贸中心。

贝宁知名旅游景点冈维埃水上村庄位于科托努北面的诺库耶湖旁。冈维埃在当地阿贾族的语言中是"幸存之地"之意。17 世纪初，贝宁境内众多王国与酋长国纷争不断，当地民众选择在湖上栖身以求安稳度日，渐成

贝宁科托努海滩　西蒙·阿多韦兰德 / 摄

“水上人家”。长期以来，冈维埃水上村庄好似一片“世外桃源”，少与外界来往，直到近年来被贝宁政府列为发展旅游业行动计划项目之一后，才逐渐进入公众视野，并于 1996 年入选联合国教科文组织世界遗产名录。

乘船进入冈维埃水上村庄，能看到水面上高高的褐色牧草围成一个个养鱼场。捕鱼的少年们撒下渔网，盼望可以收获好运气。越过渔场，外墙粉刷成五颜六色的水上屋渐渐进入视线。分散开的水路，形成一条条水中街道，独木舟可以从中轻快穿梭。村里男女老少都是驾舟好手，特别是那些头戴大檐草帽或鲜艳头巾的主妇，背着婴孩也能熟练地划桨，在载满食品的商船聚集而成的水上菜市场做买卖。这份烟火气让冈维埃水上村庄充满生机。

在科托努以西 42 公里处，海边小镇维达古城也是另一处迷人的“世外桃源”。湛蓝的海水、高大的椰林与宁静的古城，令维达成为贝宁的著名景点。这里不仅是贝宁文化和历史的发源地，也是曾经的“奴隶海岸”，见证了一段沉重的历史。大西洋之滨矗立着一处纪念碑建筑——“不归门”。通向“不归门”的红土路被当地人称作“奴隶之路”。16 世纪至 19 世纪，欧洲人曾在维达集结了成千上万的黑奴运往美洲。距离“不归门”10 余米处有“回归门”，以纪念贝宁人民解放黑奴的胜利。如今，纪念碑已成为当地重要的爱国教育基地。翻过历史沉重的一页，贝宁人民通过发展旅游业，过上了独立自主的新生活。

（文 / 吴正丹　原载于《人民日报海外版》2021 年 9 月 27 日第 8 版）

# 古巴

# Cuba

# “北京冬奥会一定精彩纷呈！”

## ——访古巴驻华大使卡洛斯·米格尔·佩雷拉

古巴驻华大使卡洛斯·米格尔·佩雷拉　付勇超 / 摄

“中国的虎年快到了，我听说属虎的人很勇敢，不管遇到什么问题都会努力达到目标。”古巴驻华大使卡洛斯·米格尔·佩雷拉近日接受人民日报海外网专访时表示，希望虎年带来好运，衷心祝福中国人民新春快乐，在新的一年里取得更多进步与成功。

## “中国大力推动抗疫国际合作”

自20世纪90年代来华进修，佩雷拉与中国结缘已有30多个年头，他见证了中国日新月异的发展。2019年，佩雷拉再度出使中国，距上个任期时隔8年。“这8年来，中国发生了令人瞩目的变化，我每时每刻都会发现不一样的中国。”佩雷拉表示，如今的中国发展更加均衡、创新捷报频传、生态持续改善、社会更加团结。2021年，中国全面建成小康社会，经济发展和疫情防控保持全球领先地位，尤其是中国向共同富裕目标不断迈进，为很多发展中国家提供了建设样板。

2021年的新疆行让佩雷拉对中国的均衡发展有了更深刻观察。他说，改革开放后，中国东部沿海地区率先发展起来，如今中国西部地区也一派欣欣向荣的景象。“我上个驻华任期曾多次到访新疆，这次重游新疆感触很深。一些反华势力大肆炒作新疆议题，罔顾事实编造谎言，这和我在新疆亲眼看到的情况完全不同。我们拉美和加勒比国家驻华大使一行，走进当地普通维吾尔族群众家庭、参观馕产业园区等。我亲眼看到，新疆经济社会发展卓有成效，新疆人民生活水平显著提升，他们对家乡的发展很满意。”佩雷拉说。

佩雷拉认为，中国之所以取得举世瞩目的成就，根本在于中国共产党的领导。“中国共产党在2021年隆重庆祝了百年华诞，中共十九届六中全会全面总结了中共百年奋斗重大成就和历史经验，作为外交官，我非常幸运地见证了这些具有里程碑意义的大事件。”佩雷拉举例说，中国共产党领导人民实现全过程人民民主对其他国家有重要启示意义。那些在选举过程中反复开“空头支票”、上台执政后却无法兑现的民主不是真民主，那些只为少数人服务、漠视大多数人利益的民主也不是真民主，而中国的实践展现了何为人民至上的真民主。通过疫情这面镜子看得很清楚，有的国家漠视人民生命和健康，政客只顾政治操弄、热衷于甩锅推责。“中国把人民生命安全和身体健康放在第一位，率先控制住疫情，而且中国大力推动抗疫国际合作。在坚持民主的人民性、代表最大多数人民利益方面，古巴与中国有一致立场。”

## “把中国朋友当亲密兄弟”

将中国与古巴紧密联系在一起的，是共同的理想信念，是源远流长的深厚情谊。在古巴首都哈瓦那，矗立着“旅古华侨协助古巴独立记功碑”。这座落成于1931年的记功碑，是两国人民同甘共苦的历史见证。1847年，首批华工远渡重洋抵达古巴。从此，广大华侨华人筚路蓝缕，与古巴人民荣辱与共，为古巴民族独立和革命事业作出了重要贡献。在19世纪古巴人民反对西班牙殖民统治的独立战争中，成千上万的华工与古巴人民并肩作战。20世纪50年代，大批华侨华人追随菲德尔·卡斯特罗和劳尔·卡斯特罗投身古巴革命事业。“没有一个古巴华人是逃兵，没有一个古巴华人是叛徒”，这句名言镌刻在记功碑上，也铭记在古巴人民的心里。“古巴人把中国朋友当亲密兄弟。”佩雷拉说。

佩雷拉表示，古中兄弟般的友谊在建交60余年的岁月里一次次得到印证。新冠肺炎疫情暴发后，古巴人民面临因美国加码制裁导致的医疗物资不足困境，中国社会各界再次伸出援手。“这样的动人故事数不胜数，充分显示出古中友好关系。”佩雷拉说。

佩雷拉对古中关系发展的美好前景满怀信心，对两国经贸合作的广阔空间尤为期待。“中国歌手创作的一曲*Mojito*广为传唱，Mojito（莫吉托）正是古巴朗姆酒调制而成的鸡尾酒。”佩雷拉说，中国已成为古巴朗姆酒、雪茄、蔗糖、咖啡等特色产品的第一大出口目的地。搭乘中国电商的快车，相信将有更多古巴产品进入中国家庭的日常生活。在古巴，中国产品、中国技术、中国设备几乎随处可见，例如在古巴街头穿梭的公交车大多是中国制造。“古巴经济的各个环节都欢迎中国企业参与，最近古巴放宽了外商投资准入，对中企进一步敞开了大门。”

## “古巴人都会支持中国健儿”

开幕在即的北京冬奥会是中国人翘首以盼的盛事，也牵动着古巴人民的目光。佩雷拉祝贺北京成为世界首座“双奥之城”，他相信继精彩绝伦的2008年北京奥运会后，“北京冬奥会将为世界奉献又一场历史性体育盛会，在国际奥林匹克史上留下精彩一笔”。

佩雷拉说，古巴是热带国家，并不擅长冬季运动，古巴运动员无缘北京冬奥会，但这并不妨碍古巴人民对北京冬奥会的支持。佩雷拉十分关心北京冬奥会的筹备情况，尽管面对疫情给全球体育赛事带来的巨大挑战，北京冬奥会的筹备工作仍扎实推进，申办时的承诺一一兑现。从“冰丝带”到“雪如意”，从“雪游龙”到“冰立方”，北京冬奥会场馆和基础设施建设已全面就绪。佩雷拉还注意到，近年来，中国很多冰雪项目实现了突破，有的还达到世界先进水平。中国健儿曾在2018年平昌冬奥会花样滑冰项目获得好成绩，有望在北京冬奥会再创佳绩。在短道速滑赛场，一些项目是中国队的夺金热点。“我相信所有古巴人都会支持中国健儿。”佩雷拉说。

佩雷拉特别谈到，在没有受到中方邀请情况下，个别国家自导自演了“不派政府官员出席北京冬奥会”的闹剧，这根本就是政治作秀，不会产生任何现实影响，因为北京冬奥会成功与否并不在于这些官员是否出席。“中国为举办冬奥会付出了巨大努力，无论是对比赛场馆建设倾注的心血，还是在疫情下为保障参赛各方安全而做出的细致安排，这一切努力都值得赞赏和尊重，不应也不会被个别国家的政治操弄抹杀。”佩雷拉说，“北京冬奥会一定精彩纷呈！”

（文/毛莉　张六陆　原载于《人民日报海外版》2022年1月17日第8版）

· 大使说 ·

# 卡洛斯·米格尔·佩雷拉：古中关系是团结合作的典范



1960 年 9 月，古巴革命领袖菲德尔·卡斯特罗在一次群众集会上宣布古巴愿同新中国建交，现场齐声应和、一片欢呼。古中建交的第一步以及后来古中关系发展的每一步，都诠释了古中关系为何是发展中国家团结合作的典范。

刚刚过去的 2021 年，对古巴和中国都是非常特殊的一年。这一年，我们共同庆祝了中国共产党成立 100 周年，古巴共产党召开了第八次全国代表大会。对古巴人而言，这是加强两党关系的有利时机。古中两党关系是两国关系的支柱，标志着古中关系的特殊性。

在困难时期相互扶持，一向是古中两国的坚定原则。从新冠肺炎疫情初期起，特别是在疫情高峰期古巴人民格外艰难的时刻，中国向古巴提供了帮助，古巴人民将永远对此深怀感激。

2021 年 8 月，古中两国领导人在通话时再次肯定两国关系发展，并为深化两国合作指明了方向，有效落实两国领导人达成的共识是我们的职责和承诺。

基于古中经济的广泛互补性，两国合作在经贸领域仍有巨大潜力。这体现了古中两国关系的战略性及多面性，两国政府和企业具有将双边经贸合作提升到全新水平的共同利益。2021年底，《中华人民共和国政府与古巴共和国政府关于共同推进“一带一路”建设的合作规划》签署，这将助力古巴发展基础设施、新能源、通信等重要项目。

古方愿同中方深化多边协作，共同反对霸权主义、强权政治，反对将疫情政治化、污名化。古方坚定奉行一个中国原则，反对干涉中国内政，将继续坚定支持中方在核心利益问题上的立场。古方感谢中方长期以来对古巴正义事业的坚定支持。2021年，当美国政府煽动反古势力企图破坏古巴政治社会稳定时，中方坚定支持古方维护国家主权、反对强权干涉的正义斗争，并敦促美方立即全面取消对古巴的封锁。

正如古共中央第一书记、古巴国家主席迪亚斯－卡内尔在2021年7月6日举行的中国共产党与世界政党领导人峰会上所言：“基于各自国情建设社会主义的决心、政治互信、可持续发展的共同愿景和对人民福祉的关切，将古巴和中国紧密团结在一起。”

我们愿在古中两国最高领导人达成的共识基础上，继续努力推动古中关系不断向更高水平发展。

（文/古巴驻华大使卡洛斯·米格尔·佩雷拉　原载于《人民日报海外版》2022年1月17日第8版）

· 采访手记 ·

# 大使爱上了中国年



“您属什么？”

“我属马。”

这是“我在中国当大使”栏目组与古巴驻华大使卡洛斯·米格尔·佩雷拉在采访中的一个有趣插曲。佩雷拉大使前脚还在用西班牙语回忆中古关系发展的历史场景，后脚谈起中国春节时便立刻无缝转换为中文，字正腔圆、对答如流。

从这口地道的中文就可见佩雷拉大使与中国缘分匪浅。他的外交官生涯与中国紧密相连，1991 年到北京语言大学进修学习中文，后又转入北京大学学习国际政治，并数度常驻北京工作，其中两次出任古巴驻华大使。深谙中国文化的佩雷拉大使，十分了解春节在中国文化中的分量，对十二生肖如数家珍。他说：“春节意味着团圆和欢乐，古巴人和中国人都喜欢热闹，我很喜欢中国人热热闹闹过年的氛围。”

爱上中国年的不仅有佩雷拉大使，近期接受栏目组采访的所有驻华大使都表达了对中国春节文化的浓厚兴趣。巴基斯坦驻华大使莫因·哈克早已计划好在春节时将巴基斯坦驻华大使馆装扮一新。“使馆和官邸都会张灯结彩。”哈克大使说，“我还想去北京的大街小巷逛一逛，相信会看到喜气洋洋的灯海。”

今年春节与北京冬奥会喜相逢，斯里兰卡驻华大使帕利塔·科霍纳已将春节观看冬奥会比赛排上日程。他说：“我是个体育迷，看过无数奥运会赛事。我对 2008 年北京奥运会记忆犹新，十分期待观看北京冬奥会跳台滑雪的比赛。”

“新年快乐！”吉布提驻华大使阿卜杜拉·米吉勒给中国朋友们送上最真挚的祝福。米吉勒大使对虎年的寓意也有一番见解：“虎象征着力量与活力。我要借此机会祝愿中国在虎年繁荣发展，人民更加幸福！”

（文 / 吴正丹　原载于《人民日报海外版》2022 年 1 月 17 日第 8 版）

## “加勒比明珠”的拉美风情

古巴位于加勒比海西北部墨西哥湾入口，由古巴主岛、青年岛等 1600 多个岛屿组成。扼守巴拿马运河与美国东岸之间的海路要道，古巴有“墨西哥湾的钥匙”之称。

受益于得天独厚的地理位置和气候条件，古巴盛产蔗糖、稻谷、烟草、咖啡等农作物，其中蔗糖生产在古巴占据重要地位。作为世界主要产糖国，古巴素有“世界糖罐”美誉。随着 20 世纪末世界大环境的改变，古巴也逐渐改革自身经济发展模式以顺应时代发展趋势，从较为单一的制糖业经济逐渐转向冶金、制药、制衣等多行业发展的经济模式。

旅游业是古巴重要的收入来源。明媚的阳光、清澈的海水、细腻的白沙滩等自然风光，使这个享有“加勒比明珠”美誉的岛国成为旅游和疗养胜地。首都哈瓦那是打卡古巴的首选。哈瓦那始建于 1519 年，17 世纪成为加勒比海的主要造船中心之一。如今，虽然哈瓦那已发展为一个人口不断扩张的大都市，但其旧城中心仍保留着引人入胜的巴洛克式和新古典风格混合的建筑物，所有的民房都有拱廊、阳台、铸铁的大门和内院。在很

古巴首都哈瓦那的国会大厦与彩色房屋（古巴驻华大使馆供图）

多艺术家心中，哈瓦那是建筑艺术的宝库。早在 20 世纪 80 年代，哈瓦那旧城就被联合国教科文组织列入世界遗产名录。

古巴美景不可辜负，古巴美食也不容错过。古巴海域辽阔、海产丰富，新鲜又便宜的古巴龙虾定能让食客大呼过瘾。烤熟的龙虾外表金黄，淋上一些柠檬汁或酱汁蘸水，一口下去是令人无法忘记的鲜美。古巴人喜甜，各类甜品数不胜数，库苏维甜糕、巴拉拉维亚甜食、涂蜂蜜的小三角面包……每一款都是无法抵挡的“甜蜜诱惑”。而要说起最具古巴特色的美食，非“阿西亚科”莫属。这是一道由芋头、山药、香蕉、南瓜、玉米及各种肉类加入香料煮出来的炖菜，经过长时间烹煮的薯类变得黏稠，混合肉类的鲜香，层次丰富的口感让味蕾尽享美妙滋味。

古巴还有更多惊喜等待游客发现，或是在夜晚的街头随着伦巴曲子起舞，或是在海风吹拂下读一读《老人与海》，或是坐上一辆老爷车兜风……

（文 / 陆宁远　原载于《人民日报海外版》2022 年 1 月 17 日第 8 版）

# 丹麦

# Denmark

我/在/中/国/当/大/使

# “中国市场对丹麦非常重要”

## ——访丹麦驻华大使马磊

丹麦驻华大使马磊　付勇超 / 摄

典雅的城堡、平缓的河流、洁白的冰川……在欧洲北部，“童话王国”丹麦安静矗立。《丑小鸭》《海的女儿》《卖火柴的小女孩》……安徒生童话从这里走出，陪伴着全球无数儿童成长，也成为几代中国孩子的记忆。

丹麦驻华大使马磊近日接受人民日报海外网采访时表示，他上任后高度重视推动丹中两国文化交流与民心相通，未来，他有信心助力两国关系继续向前迈进。

## 童年就跟中餐馆“结缘”

2020 年 9 月，马磊正式出任丹麦驻华大使。尽管东亚事务并不是马磊之前外交工作的主要方向，但中国对他而言一点也不陌生。“我第一次尝试外国餐厅，既不是意大利披萨店，也不是美国汉堡店，而是一家中餐馆。”马磊回忆道，“那时候我才五六岁，虽然对中国概念不深，但中餐馆的异域风情给我留下了深刻印象。”

随后几十年里，中国的形象在他心中越发立体饱满。在丹麦，他看到很多人像他一样喜欢中餐，还有不少丹麦人练起了太极。

出任驻华大使之前，马磊曾两度因公到访中国，在北京、上海等地感受这个国家传统文化与现代元素的交融。这次以丹麦驻华大使的身份回到北京，当“异域”成为“新家”，他看到了一个充满生机活力的中国。

“我很喜欢中式建筑。”马磊指着窗外砖瓦叠砌的使馆建筑说，“丹麦使馆的很多建筑都使用了灰砖，这是一位丹麦设计师设计的，而灵感就源于北京胡同里的四合院。”马磊希望未来可以有更多机会到老北京胡同里转一转、逛一逛。

随着对中华文化的理解不断加深，马磊也在生活中不断“解锁”新体验。在马磊看来，北京极富生活气息。闲暇时，他喜欢到北京各大公园里遛弯儿，有时学学打太极、看看放风筝。“中国的风筝非常漂亮。”马磊笑着说，“作为中国文化的一部分，风筝具有很特殊的意义——风筝与风等自然力量进行互动，而放风筝的人是在与自己的历史和文化互动。”

北京之外，马磊也看到了上海的活力和发展始终如一。回想多年前第一次到上海的情形，马磊仍觉历历在目：“那是一个很有活力的城市，身处其中，你能很快感受到上海的繁荣。”2020 年 11 月，第三届中国国际进口博览会在上海举行。马磊借此机会飞抵上海，在进博会上向中国和全球消费者介绍丹麦商品。

## “中国绿色转型实践值得称赞”

2020 年抵京后不久，马磊便在亮马河畔组织了一场骑行活动，以响应联合国可持续发展目标，倡导健康生活。通过多种方式推动丹中两国在应对全球气候变化、实现经济绿色转型等方面深化合作正是他的工作重点之一。

马磊介绍说，作为最早参与绿色转型的国家之一，丹麦在该领域深耕多年并取得了一些成绩，足以证明“温室气体可以从经济增长中剥离出来”。他呼吁所有人快速行动起来，“一旦我们做出改变，不但可以减缓气候变化，还可以创造出新的工作岗位，打造像北京一样的宜居城市和可持续发展经济体”。

马磊高度关注中国的政策走向，在他看来，全球绿色低碳转型的成功离不开中国的努力。2020 年 9 月 22 日，中国国家主席习近平在第七十五届联合国大会一般性辩论上郑重宣布，中国将采取更加有力的政策和措施，二氧化碳排放力争于 2030 年前达到峰值，努力争取 2060 年前实现碳中和。对此，马磊深感钦佩："这对其他国家来说是一个强有力的信号，对中国而言则是一个勇敢的举动，因为要实现这个目标殊为不易。"他表示，作为世界碳排放量最大的国家之一，中国提出减排目标释放有利信号，"中国绿色转型实践值得称赞，可以在全世界产生共鸣。"

马磊高兴地看到丹中两国近些年在能源、环境、气候等领域的合作不断走向纵深，"希望未来我们可以为了实现共同目标而更加密切地合作"。他特别提到一个令他印象深刻的丹中合作项目案例：某个中国创业团队来到丹麦，为丹麦的风车检测带来了革命性的技术——使用无人机来检测风车叶片工作情况。"在以前，这需要停止整个风车的运转，但现在可以直接使用无人机、算法以及虚拟现实技术来检测叶片工作状况。这是一项非常棒的中国技术。"马磊认为，中国的技术加上丹麦的资源，"二者相加是个完美的组合"。

## "丹中关系将会不断进步"

丹麦是最早与新中国建交的西方国家之一，也是唯一与中国建立全面战略伙伴关系的北欧国家。2020 年是中丹建交 70 周年，在此历史性时刻出任驻华大使一职，马磊对中丹双边关系的未来充满期待。

回望两国关系的发展历程，马磊认为，合作是双边关系的基石。70 年间，从政治到经济，从科学到文化，从建立全面战略伙伴关系到共同发表《中丹联合工作方案（2017—2020）》，丹中关系的广度和深度都得到极大拓展。基于此，马磊表示："在我的任期内，双边合作的基础将更为牢固，两国关系也会不断进步。”这份自信源于马磊对丹中关系的细致观察和真切感受。

在他看来，即便在新冠肺炎疫情冲击下，丹中经贸合作纽带依然牢固。丹麦统计局发布的最新数据显示，2020 年 1—10 月，丹中双边贸易额超 118 亿美元，同比增长 9.1%，丹麦对华进出口呈现增长态势。“中国市场对丹麦来说非常重要。中国是丹麦除欧盟和美国之外最大的市场，也是丹麦海外第二大投资国。”马磊说，“我将继续推进两国在能源、健康、环境、食品、城市等各方面的战略合作。”

经贸之外，马磊也感受到年轻人为丹中人文交流牵线搭桥的温度。不久前，马磊到访北京第二外国语学院，与丹麦研究中心的师生热情交谈。短短几个小时的行程给大使留下了深刻印象，他相信，日益紧密的人文交往有助于增进两国友好关系发展。马磊还透露，2021 年丹麦驻华大使馆计划以中国人熟知的“安徒生童话”为主题举办系列展览活动，拉近两国民众的心灵距离。

（文 / 张六陆　原载于《人民日报海外版》2021 年 1 月 18 日第 8 版）

· 大使说 ·

## 马磊：丹中友谊源远流长



丹中友谊可谓源远流长，可以追溯到大约350年前，当时第一艘丹麦商船抵达中国。自1908年以来，我们和中国建立了不间断外交关系。即使在困难时期，两国外交往来依旧频繁。1950年，丹麦成为最早承认中华人民共和国的西方国家之一。刚刚过去的2020年，可以说是丹麦和中华人民共和国外交关系的一个重要里程碑。

这些年，我们两国之间的关系得到了长足发展。2008年，丹中一同建立了全面战略伙伴关系。2017年，丹麦与中国签署了《中丹联合工作方案（2017—2020）》。如今，我们的伙伴关系涵盖了双方有着共同利益的广泛领域，如能源、气候、环境、食品、农业、卫生、海事等。双边合作的一个重要目标是支持实现联合国可持续发展目标（SDG）。中国和丹麦都对气候变化这一议题提出了愿景，我们只有通过共同努力，才能实现这些目标。

两国商贸往来在过去10年间的快速增长，生动证明了丹中之间牢固紧密的伙伴关系。如今，中国已成为丹麦的第六大出口市场，以及欧洲以外的第二大出口市场。仅2019年，丹麦对中国的货物和服务出口总额就超过了780亿丹麦克朗（约合人民币837亿元），与2018年相比增长8.5%。

丹麦和中国之间的深厚交往还涵盖了人文交流与跨文化对话。比如，两只大熊猫“星二”和“毛二”在2019年移居丹麦。作为中国和丹麦两国人民之间深情厚谊的象征，两只大熊猫入住了哥本哈根动物园，在由世界著名建筑设计公司比亚克·英厄尔斯集团（Bjarke Ingels Group）设计的阴阳太极状熊猫馆安家。此外，丹麦诗人、作家汉斯·克里斯蒂安·安徒生也深受两国人民的喜爱。

丹麦和中国面临着许多共同的挑战，也分享许多共同的利益，尤其是在可持续绿色转型这一领域。2021年，希望我们能够保持并进一步推动两国深厚的友谊，以应对当今时代我们共同面临的全球性挑战，努力造福中国和丹麦。

（文/丹麦王国驻华大使马磊　原载于《人民日报海外版》2021年1月18日第8版）

## 与大使因“童话”相识



2019 年的秋天，“我在中国当大使”栏目组首次走进丹麦王国驻华大使馆，对时任丹麦驻华大使戴世阁进行专访。戴世阁曾说，“童话是联结丹中民心的桥梁，安徒生笔下的故事让我们彼此了解”。巧合的是，我们与新任丹麦驻华大使马磊的相识，同样因为“童话”。

第一次见到马磊大使是在北京 798 艺术区的丹麦文化中心。作为中丹建交 70 周年庆祝活动的一部分，安徒生博物馆“阳光 · 自由 · 小花”展览在这里举办。马磊身着一袭深蓝色西装，身材挺拔，热情友好，举手投足间彰显干练。他在致辞中表示，安徒生精彩的童话故事伴随他长大；如今作为一名驻华外交官，他再次发现童话对于丹中人文交流的意义所在。在随后举行的茶话会上，栏目组主动找到马磊大使争取专访机会，在我们自报家门后，大使笑着说：“我看过‘我在中国当大使’的节目，我愿意接受你们的采访。”

再次走进丹麦使馆，栏目组仍惊叹于东西方文化的完美交融：一座地处东三环、闹中取静的四合院，将青砖灰瓦、胡同庭院等中式审美意趣与铁艺雕塑、抽象壁画等北欧极简设计风格巧妙结合，在使馆区中别具一格。

跟随使馆工作人员穿过一条长长的走廊，我们发现马磊大使早已在办公室门口等候。他热情地同每个人握手致意，主动问我们“喝茶还是热水”。当一切准备妥当，大使招呼所有人都坐下，并鼓励在场所有人都可以提问，对他的专访俨然变成了一场“座谈会”。

由于大使赴华不久，栏目组便以他前几次来华见闻为切口开始了这场访谈。从大使的中文名字到他最爱吃的中国菜，从科技创新到节能减排，大使谈兴渐浓，采访气氛越发轻松，办公室不时传出阵阵笑声。

采访结束前，我们追问大使 2021 年的工作计划，大使特别提到，安徒生博物馆将于 2021 年在丹麦欧登塞落成，“届时我们将在丹麦举办一个展览，也会邀请丹麦艺术家来中国”。

（文 / 张六陆　原载于《人民日报海外版》2021 年 1 月 18 日第 8 版）

# 丹麦：不只是“小美人鱼”的故乡

1539 年，在瑞典地理学家奥拉斯·马格努斯绘制的海图中，丹麦还是一片海上巨怪频出的边陲之境。沉睡近 500 年后，如今的丹麦成为享誉世界的“童话王国”。走进这个北欧国家，就会发现她不只是“小美人鱼”的故乡。

无论你爱好历史、艺术、自然或者科学，丹麦总有一座博物馆可以吸引你。比如，坐落于哥本哈根的丹麦国家博物馆，能让人领略丹麦皇室的风采。该宫殿于 1743 年到 1744 年建成，最初是为王储弗雷德里克五世和公主路易丝而建。如今，虽然丹麦王室已经不在此处居住，宫殿仍高贵典雅。连接各个房间的走廊已成为画廊，宽阔的空间陈列着诸多精美手工艺品。在这里，还可以一窥 3000 多年前的“太阳神”、青铜时代的“伊格维德少女”、公元 1 世纪“哈尔德莫斯妇女”骨骸等丹麦国宝的真容。

一街之隔的克里斯蒂安堡宫兼具博物馆与议会大厦的功用。这里曾是克里斯蒂安六世国王的寝宫，具有欧洲 18 世纪洛可可式建筑的典型风格。1884 年的一场大火损毁了整座宫殿的 2/3，如今依然屹立的克里斯蒂安堡

丹麦哥本哈根　达里娅 · 沃尔科娃 / 摄

宫塔楼，以 106 米高度成为哥本哈根最高的建筑。

走进博物馆品味历史风情，走出博物馆则可以与时尚亲密接触。质朴优雅、兼具功能性和耐用性，是丹麦设计扬名海外的标签。小到服饰鞋帽、家居摆设，大到每一座丹麦城市的街道建筑，无处不诠释着丹麦设计线条简洁、注重材质的精髓。

阿纳·雅各布森是丹麦极具代表性的建筑设计师，他的代表作在丹麦境内外“遍地开花”。在他 20 世纪 30 年代的早期作品中就已显露出其超凡脱俗的功用主义设计风格。譬如，丹麦卡拉姆堡海滨地带的建筑群，剧场、住宅、游泳池等功能各异的建筑浑然一体、相互衬托，线条简洁、块状结构、纯白色调使其独树一帜。

丹麦既有历史积淀，又散发着时尚气息，是举家出游的好去处，当地的美食和玩具更可谓阖家同乐的两大“法宝”。随着米其林餐厅数量增加，丹麦正从“斯堪的纳维亚美食之都”向“世界美食之都”进发。哥本哈根的诺玛餐厅曾连续多年被《美食爱好者》杂志评为“世界最佳餐厅”。来自冰岛、法罗群岛、格陵兰岛以及丹麦本土的新鲜食材经过主厨的精心烹调，会给食客带来舌尖上的非凡体验。由滨海仓库翻新而成的餐厅景观也别有洞天。

“童话王国”自然少不了玩具。乐高（LEGO）玩具称得上丹麦的一张“国家名片”。在丹麦建成的比隆乐高乐园是一座由乐高拼插玩具打造的“小人国”。除了精巧逼真的乐高城堡乐园，这里还时常举办演唱会和嘉年华。丰富多彩的主题活动不仅是小朋友发挥想象力、锻炼脑力体力的好机会，还会唤醒大人们未泯的童心：与“疯狂的科学家”一起体验空中飘浮，在企鹅海湾观看企鹅孵育，乘坐“极光号”过山车体验心跳的刺激……到丹麦，寻找属于自己的“童话”吧！

（文 / 吴正丹　原载于《人民日报海外版》2021 年 1 月 18 日第 8 版）

# 多米尼克

# Dominica

# “我喜欢中国的一切”

## ——访多米尼克驻华大使马丁·查尔斯

多米尼克驻华大使马丁·查尔斯　杨皓铭 / 摄

“来北京后我更了解中国，我喜欢中国的一切。”多米尼克驻华大使马丁·查尔斯近日在接受人民日报海外网专访时表示。查尔斯说，中国是多米尼克的亲密朋友，“在困难时期，中国一直在帮助我们”。

## “中国发展势不可挡”

自查尔斯 2009 年第一次到访中国后，到中国就成了他每年的固定行程。“在赴任驻华大使前，我平均每年都要来中国两次。”查尔斯说，“我见证了中国这些年的巨变。”令他惊叹的不仅有北京大兴国际机场、港珠澳大桥等“硬设施”的落成，更有教育、环境等“软设施”的不断改善。说到这儿，查尔斯指了指窗外：“中国的蓝天越来越多，今天北京的天气就很好。”

走访的中国城市越多，查尔斯越看好中国发展的前景。谈及印象最深刻的城市，他提到了深圳。用 40 多年时间走过国外一些国际化大都市上百年走完的历程，深圳在一张白纸上书写了精彩的故事。当查尔斯真正走进这座年轻的城市时，他感受到春天般的勃勃生机。“当看到深圳有那么多年轻人从事科技行业，你会感到中国发展势不可挡。”查尔斯说。

中国的发展不仅有速度，更有温度。小康路上，中国共产党“不让一个人掉队”的承诺饱含中国发展的温度。在福建宁德，查尔斯看到了中国共产党如何带领人民在山海间蹚出一条脱贫致富路。看到宁德的历史性变化，查尔斯深受触动："无论你现在的生活如何，只要朝着正确的方向前进，总会在隧道尽头看到光芒。"

在中华大地上，演绎了一个又一个宁德故事。查尔斯说，40 多年来中国共产党带领 7.7 亿农村人口摆脱贫困，提前 10 年实现《联合国 2030 年可持续发展议程》的减贫目标，这是世界上绝无仅有的壮举。"我敬佩中国共产党的治理能力，祝贺中国共产党在消除绝对贫困方面取得的卓越成就。"查尔斯表示。

## "感谢中国医生救我"

说起和中国的深厚缘分，查尔斯动情地讲述了一段跨越生死的特殊经历。2019 年，查尔斯回国期间突发心梗，多亏中国援多医疗队的及时诊疗，把他从危险边缘拉了回来。随后查尔斯到中山大学附属第一医院接受了手术治疗，最终康复。"我的复诊结果都不错。如果不是中国医生在多米尼克确诊了我的病情，我可能就没有这么幸运了，感谢中国医生救我。"查尔斯说。

这场跨山越海的医疗救治是中多卫生健康合作的缩影。近年来，中国大力支援多米尼克医疗卫生事业建设，为当地人民带来实实在在的好处：中国援多医疗队在多米尼克建设新学科、开展新手术，带去了先进诊疗理念，提升了当地医疗水平，还培养了当地医生；2018 年，中国海军和平方舟号医院访多期间，为 5000 多名当地民众提供综合诊疗服务，受到广泛赞誉。"正所谓患难见真情，多米尼克人对中国政府的帮助非常感激。"查尔斯说。

面对新冠肺炎疫情，中国为多米尼克送去了雪中送炭的温暖。查尔斯表示，中方援助的防疫物资和新冠疫苗得到多米尼克社会高度称赞。查尔斯透露，从中方做出承诺到疫苗交付，只用了短短几星期时间。"多米尼克对此深表感谢。"查尔斯说，多米尼克多位内阁部长、议员等政要第一时间在疫苗交接现场进行了接种，"这是向多米尼克民众和国际社会表示，中国疫苗是安全的。”

## 经历超强飓风考验

中多友谊经受过超强飓风的考验，2017 年，五级超强飓风“玛丽亚”正面袭击多米尼克，几乎把这个岛国从地图上“抹掉”。查尔斯说，“玛丽亚”飓风给多尼米克造成的损失相当于一年国内生产总值的 226%。在多米尼克重建家园的艰难时刻，中国及时伸出了援手。

中国不仅第一时间向多米尼克提供人道主义现汇援助，通过联合国开发计划署启动灾后屋顶修复项目，还向多方捐赠了急需的救护车、消防车等民用车辆。中国更积极支持多米尼克建设“世界上第一个抗气候变化国家”的目标，在双方基建合作项目中以抗飓风建筑标准严控工程质量。查尔斯说，中国企业承建的中多友好医院在设计施工上强化了对飓风、地震等自然灾害的抵御能力，“成为多米尼克的一个样板工程”。

在困难时期始终与多米尼克站在一起，中国是多米尼克人心中值得珍视的朋友。近年来，随着两国人文交流逐步增多，两国人民情感不断拉近。“我一有机会就邀请中国朋友去多米尼克欣赏旖旎风光和特色手工艺品。”查尔斯也希望，多米尼克人能亲身体验有滋有味的中国生活。

查尔斯尤为期望推动两国年青一代加深相互了解。中国每年提供的政府奖学金，让不少多米尼克学生真正走进中国，并因此闯出了属于自己的一片天空。他介绍，因在教育领域的出色工作而入选联合国 2020 年 100 名“最有影响的非洲后裔名人榜”的多米尼克公民黛莉娅·杜克蕾，就是中国政府奖学金的受益者。“我们很自豪多尼米克留学生能在中国有一番成就，希望未来多米尼克有更多学生来华深造。”

（文/毛莉　张六陆　原载于《人民日报海外版》2021 年 5 月 24 日第 8 版）

# 马丁·查尔斯：多米尼克向中企敞开大门

多米尼克和中国是平等相待、真诚互助的好朋友。当我们都在为战胜新冠肺炎疫情而努力时，必须齐心协力共克时艰。所有国家无论贫富大小，都要团结起来去战胜共同的敌人。多米尼克非常感谢中国在抗疫斗争中给予我们的切实支持。我们正积极寻求在基础设施领域推动更多合作。

历史和现实已经向世界表明，中华民族是一个真正坚韧不拔的民族。中国的发展为世界其他国家树立了榜样。中国已成为世界科技和建筑领域领先的国家之一。幸运的是，“一带一路”倡议的提出，让包括多米尼克在内的很多国家能参与到人类共同未来的建设中。

正如中方所说，“一带一路”决不是什么“债务陷阱”，而是惠民的“馅饼”；决不是什么“地缘政治工具”，而是共同发展的机遇。“一带一路”倡议确实帮助许多国家改善了基础设施水平。中国提供了人力、技术和资本资源，帮助许多国家推进了公路、桥梁、医院、机场、海港、体育设施、信息通信、农业、人力资源开发等现代化建设。

中国企业在海外特别是加勒比地区拓展业务和投资的前景非常令人鼓

舞。加勒比地区是世界知名旅游胜地，治安环境较好，政治也较为稳定。在加勒比地区，随着“一带一路”倡议的实施，基础设施建设需求日益增长。随着新冠疫苗的接种，特别是在中国将新冠疫苗作为全球公共产品的努力下，很多国家尤其是加勒比地区国家将积极寻求疫后基础设施领域的合作。

我们正在寻求建设一个现代化、生态友好型、具有应对气候变化复原力的区域，这为中国企业与加勒比地区加强合作提供了契机。多米尼克在很大程度上仍然依赖旅游业、服务业和农业。对多米尼克经济增长的一个关键挑战是缺少国际机场。随着多米尼克朝下一个发展阶段迈进，我们正在努力实现建设国际机场的愿景。对多米尼克来说，这是一个重大项目，我们相信这个项目会带来巨大经济效益。

多米尼克欢迎对旅游设施、酒店建设、购物中心、旅游和航空公司领域的投资，也欢迎对农业、地热能源和其他基础设施发展项目的重大投资。多米尼克向中国企业敞开大门，期待着中国企业到来。

（文 / 多米尼克驻华大使马丁·查尔斯　原载于《人民日报海外版》2021 年 5 月 24 日第 8 版）

· 采访手记 ·

# 大使唱起《甜蜜蜜》

“在哪里，在哪里见过你，你的笑容这样熟悉……”一阵歌声从多米尼克驻华大使馆传来，唱歌的不是别人，正是多米尼克驻华大使马丁·查尔斯。这位风趣幽默的大使，在采访过程中唱起他的保留曲目《甜蜜蜜》，将采访现场的气氛推向高潮。

除了《甜蜜蜜》，《后来》《月亮代表我的心》也是查尔斯大使的拿手曲目。说起中文歌，大使张口就来，对节奏和旋律的掌握非常精准。大使说，平时他通过视频网站自学中文，而学唱中文歌正是他学中文的“小窍门”。

学中文为本国产品带货，是不少驻华大使的妙招。面对“我在中国当大使”栏目组的镜头，查尔斯大使也不时蹦出一两个中文词，热情推荐多米尼克特产。在使馆会客厅一角，琳琅满目的多米尼克特产把一面玻璃柜摆得满满当当。查尔斯大使介绍：“多米尼克朗姆酒很有名”“这是原住民制作的手工艺品”“我们的咖啡很好喝”……

在查尔斯大使向中国消费者推荐的多米尼克特产排行榜上，排在首位的是辣椒酱。大使说，多米尼克辣椒酱纯天然，多米尼克家家户户都爱吃。听说很多中国人无辣不欢，大使邀请中国朋友挑战多尼米克辣椒酱，“辣到直戳人泪点”。他希望未来在中国市场上也能买到多米尼克辣椒酱，让中国消费者品尝到来自加勒比的味道。

查尔斯大使在中国时热情为多米尼克特产带货，而每次回国他又热心为中国产品“代言”。他说，“中国制造”在多米尼克很受欢迎，他每次回国“都会给亲人朋友带上中国产品作为礼物”。

（文 / 赵壹晨　原载于《人民日报海外版》2021 年 5 月 24 日第 8 版）

# 加勒比海的“星期天”

相传，1493 年 11 月，航海家哥伦布远航途中从望远镜窥见了加勒比一个纺锤形岛屿。登岛之日正值星期天，于是哥伦布将这座岛屿用拉丁语命名为 Dominica（意为“星期天”）。不仅名为“星期天”，多米尼克的确

多米尼克的首都罗索　纳里奥·埃斯普利特 / 摄

是一座适合休闲度假的自然之岛。游览多米尼克，游客可以到当地几处国家公园感受大自然造物的神奇，也可以参加一年一度的狂欢嘉年华领略加勒比风情。

三座峰国家公园距离首都罗索大约有 1 小时车程。这是多米尼克最大的森林保护区，从空中鸟瞰园区中的山脉，仿佛一匹巨型骆驼匍匐在地，但这匹“骆驼”有三座“驼峰”，公园因此而得名。公园内保持着自然原始风貌，其中翡翠池、沸腾湖、淡水湖三处景点最负盛名。特别是沸腾湖，它仅次于新西兰煎锅湖，是世界第二大温泉湖。由于湖底有裂口，每有地下高温熔岩活动，湖水便会蒸腾，湖面云雾缭绕。若是湖底裂口突然喷发，还会扬起两三米高的水柱，场面颇为壮观。

多米尼克美景不胜枚举，到多米尼克第二大自然公园羚羊国家公园，游客可游览多米尼克最高峰——迪亚布洛廷火山，此外还有独具特色的火山沙海滩。在中罗索谷地深处，游客可观赏奔腾壮阔的特拉法加瀑布。游客不妨再到罗索城东的植物园看一看鹦鹉饲养园，鹦鹉被多米尼克人尊为国鸟，多米尼克国旗上也有鹦鹉图案。

在多米尼克，不仅能饱览旖旎的热带风光，还能感受奔放的热带风情。每年 2 月的狂欢嘉年华，最能展现多米尼克热情奔放的民风。节庆时分，罗索城热闹非凡，游行队伍摩肩接踵，排在最前面的是为了纪念多米尼克人的祖先而制作的吉祥物，随后是跳着印第安舞蹈的印第安部落方队。游行的最大亮点是多米尼克选美比赛中的佼佼者，经由全国推选的 10 位佳丽可谓“平民天后”。黄昏过后的重头戏是长达 3 小时的歌会，歌手会用当地克里奥尔语唱出动人旋律。

“自然之岛”多米尼克欢迎全球游客，来此过一个加勒比风情的假期。

（文 / 吴正丹　原载于《人民日报海外版》2021 年 5 月 24 日第 8 版）

# 萨尔瓦多

# El Salvador

我/在/中/国/当/大/使

# “最令我心动的还是中国”
## ——访萨尔瓦多驻华大使阿尔多·阿尔瓦雷斯

萨尔瓦多驻华大使阿尔多·阿尔瓦雷斯　季星兆／摄

"火山之国"萨尔瓦多位于中美洲北部，风景优美，气候宜人，盛产咖啡、蔗糖等优质产品。2018年8月21日，中国与萨尔瓦多正式建交，萨尔瓦多成为中国第178个建交国。"萨尔瓦多是中国的新朋友。3年多来，我亲眼见证了两国关系的快速发展。"萨尔瓦多新任驻华大使阿尔多·阿尔瓦雷斯接受人民日报海外网专访时表示，相信在双方共同努力下，走上快车道的萨中关系将会越走越稳、越走越远。

## "与中国有特别的缘分"

在阿尔瓦雷斯看来，中国有特别的意义。"中国是我外交生涯的第一站，此次赴华也是我第一次来到中国。"出任驻华大使前，阿尔瓦雷斯是一位国际法和国际关系领域的学者，他有不少学生在萨尔瓦多驻外大使馆、领事馆工作。"得知我将出任驻华大使后，他们从世界各地祝贺我。"阿尔瓦雷斯自豪地说。

从学者到大使，阿尔瓦雷斯职业生涯看似意外"转轨"的背后，是中萨关系越发紧密的"必然"。"我觉得与中国有特别的缘分。我过去的学术研究也为出任驻华大使奠定了基础。"阿尔瓦雷斯表示，过去十几年任职大学教授期间，他也一直关注亚洲与中国的发展变化。当看到中国不断迈向开放进步与繁荣富强，阿尔瓦雷斯对中国产生了浓厚兴趣。"此前我更了解欧洲、北美和拉美，但对于太平洋彼岸的中国，我只有书本中的知识框架。”阿尔瓦雷斯说，“我一直很想到中国来，亲身感受它的文化特色、政治理念和价值观。”

随着中萨建交，阿尔瓦雷斯的“心愿”得以实现。他说：“我曾数次接到出使他国的邀请，但最令我心动的还是中国。萨尔瓦多政府高度重视发展对华关系。萨尔瓦多驻华大使馆代表我们对未来的愿景，萨尔瓦多也关注世界的东方。”

## 两国“患难见真情”

萨尔瓦多从世界的东方看到了什么？“在与世界各国打交道时，中国愿意与其他国家合作，不附带任何条件，不干涉别国内政，中国追求的是共赢。”阿尔瓦雷斯说。

以中国疫苗国际援助为例，在全球疫苗短缺之时，中国在保证本国人民健康的同时，愿意同世界各国的朋友分享疫苗、开展技术合作。今年早些时候，中国疫苗运抵萨尔瓦多，为萨防疫工作注入动力。“第一个愿意向我们提供疫苗的，就是中国。中国疫苗已在萨全国境内展开接种，受到社会各界好评。中国疫苗安全有效，萨尔瓦多人民非常满意。”阿尔瓦雷斯高兴地说，“萨尔瓦多目前收到了多种疫苗，但大多数人接种的是中国疫苗。”

“人们常说‘患难见真情’。在困难时刻，只有真正的朋友会留在身边。”阿尔瓦雷斯表示，美洲整体疫苗短缺，有些国家至今都难获得疫苗，中国的帮助对地区防疫意义重大。目前，中国疫苗惠及阿根廷、智利、巴西、哥斯达黎加等拉美国家，阿尔瓦雷斯说：“中国不断深化与发展中国家的合作，并且积极承担大国责任，展现了大国担当。”

## 中萨经贸往来势头良好

“我此次赴华肩负增进两国关系的重任，这给了我力量。”深化中萨经贸合作是阿尔瓦雷斯的工作重点之一。建交 3 年来，两国经贸往来保持良好发展势头，2020 年，两国贸易总额达 11.1 亿美元，其中萨尔瓦多对华出口 1.72 亿美元，同比增长 51.6%。蔗糖、咖啡等萨特色产品也逐渐在中国市场打出了知名度。在阿尔瓦雷斯看来，中国经济的转型和发展是萨尔瓦多的机遇。“不仅是蔗糖和咖啡，我们还希望向中国出口牛肉等萨尔瓦多产品。”阿尔瓦雷斯说，“中国市场需求量大，这会助力萨尔瓦多农业发展。”

“提速”是阿尔瓦雷斯对萨中关系期待的关键词。他特别提到拉利伯塔德码头、国家图书馆、伊洛潘戈供水、国家体育场等中方援萨项目施工的最新进展。“疫情给建设施工带来一定困难，项目进展速度或有放缓，但并未停止。”阿尔瓦雷斯说，“萨尔瓦多对这些项目充满感激和期待，希望能尽快完工。”

阿尔瓦雷斯还向中国游客发出邀请。他希望在疫情得到控制后，能有更多中国游客做客萨尔瓦多。“萨尔瓦多拥有世界上最优质的冲浪海滩，可以让游客享受‘早吃海鲜出海、午登山巅赏景、晚宿河谷休憩’的丰富体验。”阿尔瓦雷斯表示，旅游业是萨尔瓦多愿与中国深化合作的领域之一，期待疫情之后旅游业可以在促进萨中民心相通方面发挥更大作用。

（文 / 张六陆　原载于《人民日报海外版》2021 年 11 月 15 日第 8 版）

# 阿尔多·阿尔瓦雷斯：中国是值得信赖的伙伴

前不久，我们与哥斯达黎加驻中国大使馆的朋友们共同庆祝了独立日。每年9月15日，从危地马拉到哥斯达黎加，所有的中美洲国家都会庆祝这一节日。2021年是萨尔瓦多共和国独立200周年，很高兴我能在北京亲历这个重要时刻。

萨尔瓦多正处于新的时代，面临新的政治与社会发展格局。我们要在经济上实现自给自足，提高人民生活水平，消除历史遗留的贫困问题，为人民提供更多更好的就业机会。此外，我们还要将萨尔瓦多建设成为一个独立自主的国家，我们愿意和世界上所有的国家做朋友。

今年8月，我们举办了萨尔瓦多与中国建交3周年的庆祝活动。事实证明，中国是一个值得信任的伙伴。目前，中国在萨开展了一系列基建援助与投资合作项目，我们对此深表感激。此外，在抗击疫情的关键时刻，中国向我们提供了新冠肺炎疫苗，帮助萨尔瓦多快速、及时地进行了疫苗接种，挽救了成千上万个生命，我们对此同样感激不尽。中华人民共和国坚守承诺，严格遵守国际法，奉行和平的外交政策，对他国内部事务表现出充分的尊重，是值得信赖的伙伴。

有鉴于此，欣逢萨中建交3周年，我们希望能够以此为新起点，未来进一步增强两国在贸易、经济、政治、文化以及学术等领域的合作与联系，这也是我来中国这个伟大国家担任大使的首要目标之一。

（文/萨尔瓦多驻华大使阿尔多·阿尔瓦雷斯　原载于《人民日报海外版》2021年11月15日第8版）

## ·采访手记·

# 大使变身“带货官”

“抱歉让大家久等了！”未见其人，先闻其声，萨尔瓦多驻华大使阿尔多·阿尔瓦雷斯赶到使馆会客厅。采访时大使公务繁忙，使馆工作人员说，听闻“我在中国当大使”栏目组到来，处理完突发事务后，大使在使馆区一路小跑，急忙赶回办公室接受采访。

大使热情地向栏目组介绍萨尔瓦多特色艺术品与特产。长长的走廊两侧悬挂着多幅由大面积色块拼接而成的抽象绘画作品，色彩艳丽，风格明快，视觉冲击力极强。尽管作品笔触抽象，却仍能从人物、陶器、花朵、水果、房屋的轮廓中，隐约看出萨尔瓦多当地人的性格特点与丰富生活。这些充满中美洲风情的艺术品静静地陈列在使馆各个角落，它们像是无声的讲述者，每一抹色彩、每一处雕刻，仿佛都在娓娓述说这片土地的别样风情。

大使介绍说，如“调色板”一般的五彩图案在萨尔瓦多无处不在，“衣服上、手袋上、墙壁上……五彩图案存在于任何人们能想到的物品上，这就是我们国家的标志”。

“说到国家标志，咖啡更是萨尔瓦多的标志性特产。”大使放下手里的五彩布艺手袋，拿起一袋粗麻编织包装的咖啡豆“推销”。萨尔瓦多作为世界咖啡知名产地之一，所产咖啡体轻、芳香、纯正、略酸，尤其是在低温下种植的咖啡有更加香醇的口感，因此“萨尔瓦多拥有世界知名的精品咖啡”。

展望未来，大使期待萨尔瓦多咖啡的浓浓醇香会飘过大洋，吸引更多中国消费者，“现在中国年轻人越来越喜欢喝咖啡，这对萨尔瓦多咖啡是一个利好消息”。

采访结束后，我们将大使的“带货视频”制作成短视频《萨尔瓦多驻华大使变身“带货官”》并在海内外社交媒体发布，几个小时内浏览量超过 50 万人次。不少网友已经被萨尔瓦多咖啡豆“种草”，纷纷评论留言称“大使好敬业”“咖啡在哪里下单？这就来”。

（文 / 赵壹晨　原载于《人民日报海外版》2021 年 11 月 15 日第 8 版）

## 令人着迷的“火山之国”

绵延的火山、神秘的玛雅文明遗迹、一望无际的咖啡种植园……地处中美洲心脏地带的萨尔瓦多，历史悠久，景色旖旎，以“火山之国”“咖啡之国”等闻名于世，成为吸引全球游客驻足的观光胜地。

乘飞机去往西濒太平洋、东南邻丰塞卡湾的萨尔瓦多，从舷窗俯瞰，湛蓝的大海中宛如镶嵌着一颗绿宝石。这个坐落在火山上的国家绿意盎然，群山也因覆盖茂密的绿色植被尽显妩媚多姿，这是萨尔瓦多留给游客的第一印象。

首都圣萨尔瓦多是“火山之国”中的“火山之城”，与首都同名的圣萨尔瓦多火山环抱着这个城市。从首都出发西行 60 公里，萨尔瓦多最高的火山——圣安娜火山屹立于此。它形成于 250 万年前，海拔 2380 米，火山口是一汪云雾缭绕而又翠绿欲滴的火山湖，这与不远处的科阿特佩克湖相映成趣，好似两颗璀璨的夜明珠。

历史上，持续的火山喷发不断重塑萨尔瓦多的地貌，留下了为数众多的湖泊与蜿蜒曲折的河流。同时，肥沃的火山土壤加上适宜的气候，也令萨尔瓦多凭借得天独厚的环境优势成为优质咖啡豆的原产地。每年 5 月来到萨尔瓦多小镇阿塔科，远眺那里漫山遍野的咖啡豆种植园，咖啡花开遍火山，留下版画似的条纹印记；待到 10 月丰收采摘，品一品萨尔瓦多咖啡，浓郁飘香令人流连忘返。

不只是壮美的火山湖、肥沃的咖啡园，火山灰还曾尘封起萨尔瓦多中部山谷里的玛雅文明。距离萨尔瓦多首都约 40 公里的拉利伯塔德地区，有一处玛雅文明遗址——霍亚·德·塞伦，意即“塞伦的珍宝”。公元 600 年前后，萨尔瓦多中部的洛马·卡尔德拉火山爆发，岩浆和火山灰吞没了方圆 10 公里内的玛雅村落。直到 20 世纪 70 年代，“塞伦的珍宝”偶然间被考古学家发现，并于 1993 年进入联合国教科文组织世界遗产名录。

萨尔瓦多阿塔科街道上的壁画（萨尔瓦多驻华大使馆供图）

与地球另一端古罗马的庞贝古城形成鲜明对比，“塞伦的珍宝”并没有发现人类遗骸或是人类殒命于灾难的迹象。考古学家据此推测，当年玛雅人在火山爆发前就已完成了撤离工作。如今再看，昔日的火山口变成了美丽的火山湖，层层火山土壤上生长出新的作物，孩童在遗址旁嬉闹……时间在这里仿佛按下暂停键，但生命依然生生不息。

萨尔瓦多令人着迷的旅行体验还有很多，比如在文化之都苏奇托托学习传统靛蓝染料制作织品的原始工艺，在冲浪爱好者的天堂埃尔敦科海滩逐浪，在因普斯博尔国家公园险峻的峡谷间探险……多彩的萨尔瓦多值得一游。

（文/吴正丹　原载于《人民日报海外版》2021 年 11 月 15 日第 8 版）

# 加纳

# Ghana

我/在/中/国/当/大/使

# “加纳年轻人很喜欢中国”

## ——访加纳驻华大使温弗雷德·哈蒙德

加纳驻华大使温弗雷德·哈蒙德　付勇超 / 摄

"我很小的时候就知道中国。记得那是1964年，周恩来总理访问加纳，当时不少加纳的小朋友都会说'周恩来'三个字。"加纳驻华大使温弗雷德·哈蒙德日前接受人民日报海外网专访时，以一段回忆开场。"我非常了解中国和加纳的传统友谊是如何开始的，后来也一直关注着中国。"哈蒙德说，"我期待有朝一日能到中国工作，如今愿望实现了。"

## "我曾和袁隆平院士合影"

2013年，当时任职于联合国粮农组织的哈蒙德第一次来到中国。在这次短暂的工作访问中，他拜访了袁隆平院士，了解农业相关技术。"袁隆平院士用他的智慧和技术帮助我国增加水稻产量，加纳人非常尊敬他。我曾和袁隆平院士合影。"哈蒙德说。

2021年，被任命为加纳驻华大使后，哈蒙德感慨"不再是中国发展的旁观者"，终于实现了"来中国工作"的心愿。"我一直对中国感兴趣，以前阅读过很多关于中国的书籍。对我来说，出任驻华大使是一个崭新阶段，希望可以由此更多了解中国和中国人民。"哈蒙德坦言。

谈到落地北京时的感受，哈蒙德说"空气很清新"。他表示，与2013年相比，北京的空气质量有了显著提升，这得益于中国追求可持续发展和使用清洁能源的不懈努力，"中国关注环境发展，让整个国家变得更洁净"。

从华北到华南，从企业到高校，就任驻华大使后，哈蒙德走访中国的行程满满当当。“每次我到不同的地区，当地人都非常自豪地展示地方特色。”哈蒙德说，大家会友善地分享文化和美食，中国人民热情好客。

透过人们的笑脸，哈蒙德真切感受到中国社会巨变。他认为：“如果一个国家要发展，应该特别注重农村地区。在中国，我看到了农村人口在发展中没有被落下。”在他看来，中国共产党和政府不仅帮助农村人口从事农业生产，更致力于保障农民医疗、教育等基本民生，推动农村环保建设。“中国在短时间内帮助这么多人口走出贫困，是一项壮举。我相信，中国共产党将带领中国取得更大进步。”哈蒙德说。

## “我在网上‘刷’到中国商品”

“今天的世界，没有一个国家是孤岛。”哈蒙德说，“在新的历史阶段，我们期待看到中国加强跟世界的合作与交流。”哈蒙德对中国与非洲的未来有信心。他表示，目前中国与许多非洲国家保持并发展合作，造福了非洲人。“加纳最大的贸易伙伴和投资国是中国。对于我们这代人来说，建造公路、铁路、桥梁以及农业、工业各个领域，都能看到中国伙伴的身影。加纳盼望与中国深化合作。”

朋友得知哈蒙德赴华出任大使时纷纷送上祝福。“朋友好像突然间就变多了！”他笑着说。

哈蒙德认为，非洲不仅拥有丰富的自然资源，还具备巨大的市场发展潜力，能与中国投资者实现双赢。非洲大陆自由贸易区秘书处设在加纳，各成员国将整合非洲资源，加强合作，基础设施建设要走在前头。哈蒙德说，在这方面，无论是重视互联互通的“一带一路”倡议还是鲜明提出贸易促进工程的《中非合作 2035 年愿景》，都为非洲提供了发展机遇。

哈蒙德特别重视电子商务的发展。他表示，加纳人民对中国商品有广泛需求，从建筑材料、通信器材到食品，中国制造已经走进了加纳人的日常生活。“来中国之前，我在网上‘刷’到中国商品。”哈蒙德说，“中国确实给加纳乃至整个非洲提供了多样化的商品选择。”

## “会说中文是一个加分项”

哈蒙德由衷希望两国经贸合作在不断加深的同时，双边民间交往也能更紧密。“与中国保持紧密的经贸合作，能够进一步为加纳年轻人打开了解中国的大门。”在哈蒙德看来，今天的中国有世界影响力，学习中国的语言、文化、技术不仅能为个人带来成长和机遇，还能为国家建设贡献知识和力量。



哈蒙德高兴地说，2013 年孔子学院落户加纳以来，加纳年轻人学习中文的兴趣高涨。9 年来，有 4 万多名加纳学子在孔子学院学习，汉字为他们走近中华文化开启一扇窗。语言学习之外，加纳孔子学院的学生还彼此分享茶、中医、书法、功夫等中国传统文化知识，不断增进对中国的亲近感。“我们非常感谢能有这样一个认识中国的机会，这是很宝贵的资产。”哈蒙德说。

哈蒙德笑言，他在工作之余会抽出时间学中文，但速度远不及自己的孩子——他们一个在北京上学，中文是必修课；另一个下定决心要来中国读博士学位，目前正在加纳勤学中文。“我们羡慕那些说一口流利中文的人，因此非常重视中文教育。”哈蒙德认为，在当今世界，会说中文是一个加分项，在职场上也会更“抢手”。“加纳年轻人很喜欢中国。这得益于我们与中国过去几十年的接触和交往。我们期望进一步深化彼此交流，一起迈向共同的未来。”哈蒙德说。

（文 / 张六陆　原载于《人民日报海外版》2022 年 8 月 1 日第 8 版）

# 温弗雷德·哈蒙德：欢迎中国朋友来加纳

1960年，加纳和中国建立外交关系，加纳也成为最早在北京设立大使馆的非洲国家之一。

在现任总统阿库福-阿多领导下，加纳高度重视发展对华关系。2018年，阿库福-阿多总统对中国进行国事访问，两国领导人共同擘画未来加中关系发展蓝图。两国高层往来不断，为双边关系持续注入动力。加纳相信，以联合国为核心的国际体系所蕴含的包容性多边主义能推动构建人类命运共同体。加纳政府高度重视同中方增强政治信任，在涉及彼此核心利益的问题上坚定相互支持。

在经济方面，加中两国合作密切，两国贸易蓬勃发展。2019年，加中双边贸易额为74.6亿美元，位居非洲前列。中国是加纳最大的贸易伙伴国和最大的外资来源地，加纳是中国在非洲的第七大贸易伙伴国。在“一带一路”倡议和中非合作论坛的框架下，中国在加纳的经济转型过程中特别是基础设施建设和卫生健康发展方面，发挥着重要作用。

中国在加纳的投资非常广泛，涵盖农业、工业、服务业、矿业、卫生、基础设施等领域。近年来，两国在航空、发电、汽车、日化产品和食品方面的合作突出。其中，由中非发展基金会投资的加纳航空项目和深能安所固电力项目被联合国南南合作办公室列为中非投资典范项目，为加纳创造就业和促进发展作出重大贡献。此外，中方建设的天然气加工厂和光纤骨干网，为加纳的数字化和工业化奠定坚实基础。

加纳期待同中国深化经贸合作。作为西非第二大经济体，加纳经济保持良好增长势头。在加纳政府的支持下，“一县一厂”“为粮食和就业而种植”等旗舰计划顺利发展。加纳拥有优质的商业环境，投资潜力巨大。2018 年，加纳成为西非最大的外国直接投资目的国，2019 年非洲大陆自由贸易区秘书处落户首都阿克拉，都显示出加纳优良的商业资源和发展潜力。《中非合作论坛——达喀尔行动计划（2022—2024）》为加中深化合作提供了明确方向，两国在可再生能源电力设施、城乡连通道路、村镇级别的微型水利灌溉设施、粮食仓储和基本加工设施、小型农业机械化设备等方面有广阔合作前景。

此外，加纳还高度重视与中国开展人文交流。加纳大学孔子学院的建立是加纳在教授和传播中国语言文化过程中的一个重要里程碑。自学院成立以来，学习中文、武术及其他中国文化元素的加纳人大大增加。中国政府还向加纳学生提供奖学金，让他们能够到中国留学。

加纳希望同中方合力挖掘旅游这座“金矿”，并已出台多项旅游激励措施，以吸引外国投资。待疫情过去，欢迎中国朋友来加纳！

（文/加纳驻华大使温弗雷德·哈蒙德　原载于《人民日报海外版》2022 年 8 月 1 日第 8 版）

# 大使“秀”传统服饰

博大精深的中国文化吸引不少加纳年轻人走进孔子学院学中文，体验书法、武术和中医。“我在中国当大使”栏目组的镜头里，加纳驻华大使温弗雷德·哈蒙德向观众展现了极具非洲风情的加纳艺术品，其中，色彩绚丽、图案丰富的传统布艺，引得中国网友“刷屏”。

接受采访时，哈蒙德大使自豪地拿出手机晒个人相册：“看！这是加纳的传统服装。”大使“秀”出与夫人的合影，两人穿着打扮很是别致：大使夫人一身亮丽裙装，衣裙上的菱形格纹由蓝色、黄色、红色等方块图案拼成；大使身着有镂空雕花图案的半袖白衬衫，跨过左肩斜披一件色彩丰富的大褂。“这是参加庆典时的着装，是不是很好看？”大使笑着说。

大使不仅介绍了加纳民族服饰的图案样式，连布匹织造方式的细节都一一道来。“加纳传统手工织布的原料大多出产于当地部落，其中最著名的一款叫肯特布。”他站在使馆一幅布艺作品前介绍，“整个制作过程颇为复杂，工匠首先要将棉布原料编织成长条形状，再纵横交叉以拼接成更大幅的布匹。”纹理规整、配色跳跃的加纳传统布料不但可以缝制成衣衫，还可以裁剪成领带。大使回忆说，他来华前特意跑了一趟乡间集市，置办了成套传统服装，每逢重要场合就要“秀”一把。

哈蒙德大使还特意取来一本介绍加纳风土人情的画册赠给栏目组。他指着画册封面英文大写的加纳国名，直言“中国”与“加纳”的英文发音颇为相近，“这也是两国一种特别的缘分呢”！

（文 / 吴正丹　原载于《人民日报海外版》2022 年 8 月 1 日第 8 版）

# 西非海岸线飘来可可香

“世界可可之乡”“西非黄金海岸”……位于非洲西部、几内亚湾北岸的加纳共和国，凭借浓郁的可可香和精美的手工织布享誉全球。

加纳是世界第二大可可出口国，年产量约 85 万吨，因其品质优良而深受全球市场欢迎，常年向欧美等地区的巧克力生产商出口。统计显示，全世界每 6 块巧克力中，就有一块来自加纳。加纳艺术家阿蒙 · 科泰将可可树作为加纳的象征之一画在国徽上，第一位将可可豆引入加纳的加纳农业学家泰特 · 夸希更是被视为国家骄傲。

可可树的种植条件十分苛刻，而加纳土壤肥沃，自然气候适宜，雨季与可可树生长时间适配，是可可种植的天然温室。每年 10 月至 12 月，可可果实逐渐成熟，种植园内一派繁忙的收获景象。然而，单凭可可豆原材料出口，其产业附加值和经济效益并不高。近年来，加纳引入海外企业在本土投资建厂，实现可可本土加工，提升产业附加值和经济效益。如今，随着非洲大陆自贸区成立，可可将为加纳经济发展带来更多收益。

加纳的传统手工艺闻名世界，在众多极具特色的加纳手工艺品中，肯

加纳的鼓是民族与部落的象征（图片来源于加纳旅游局网站）

特布是无数游客的必买品。肯特布是一种由手织布、丝绸和棉条制成的加纳传统纺织品，在古代，只有国王或其他地位尊贵人士才有资格穿着肯特布；而在现代加纳，肯特布虽然不再限于特定人群，但因其纯手工制作、工艺复杂，故价格不菲。或是双色相间的方格，或是多种色彩搭配的三角形交替出现，肯特布上的图案千变万化，令人眼花缭乱。有文献记载，肯特布有上百种图案设计，每一种图案都有自己的名字或故事，或与历史事件相关，或由历史上的酋长等命名。不同颜色也有着不同的象征，黑色代表成熟、蓝色代表和平、绿色代表成长……技艺高超的织布工还会在设计中融入传统文字与符号，为肯特布赋予了文化内涵。

（文/陆宁远　原载于《人民日报海外版》2022 年 8 月 1 日第 8 版）

# 冰岛

# Iceland

我／在／中／国／当／大／使

# “中国市场大，充满机遇”

## ——访冰岛驻华大使易卜雷

冰岛驻华大使易卜雷　付勇超 / 摄

“新的一年，祝愿我所有的中国朋友与家人平安顺遂！”冰岛驻华大使易卜雷日前在接受人民日报海外网专访时，向中国朋友送上祝福，他期待冰中关系在新的一年里延续良好的发展势头，取得更多突破。

## “中国各地都有独特的美”

易卜雷曾出任冰岛驻法国、印度等国大使。在他此前的职业生涯中，只有一次短期访华之旅。此次出任驻华大使，易卜雷有机会深入体验中国。

2021 年 9 月 8 日，在递交国书副本的第二天，易卜雷通过冰岛驻华大使馆社交媒体账号向中国朋友们表达了在华工作与生活的期待——促进两国良好的经济、政治和民间交往，参观中国各地，体验中国多元文化，“我非常喜欢旅行，欣赏不同的景色，感受不同的文化”。

来华几个月，从在广西桂林举行的中国—东盟博览会旅游展开幕式，到在山东青岛举行的中国国际渔业博览会，再到在上海举行的中国国际进口博览会，易卜雷的行程满满当当。“中国各地都有独特的美，在中国‘打卡’旅游的体验非常愉快。”易卜雷表示，无论是秀丽的桂林山水、丰富的云南美食，还是美味的青岛海鲜，都给他留下了深刻印象。

2021 年是中冰建交 50 周年，易卜雷既收获了探访中国的新鲜感，也体会到了两国友好的延续性。2021 年 12 月 8 日，冰岛驻华大使馆举办了庆祝冰中建交50周年招待会，关心中冰交往的两国人士通过线上线下结合方式共聚一堂，共叙友好佳话。“那天的节日气氛非常浓厚。”易卜雷感慨，建交50年来，冰中两国一直保持着密切友好关系，在共同关心的领域建立了牢固和不断发展的合作关系，冰中双边关系将继续在相互尊重、互利共赢的基础上不断取得新进展。

## “看到了中国对环保所做的努力”

中冰合作涵盖各个领域，其中能源合作最牵动易卜雷的心。易卜雷曾长期从事环境保护、能源利用、应对气候变化方面的工作，他认为，应对气候变化对包括冰中两国在内的国际社会来说是必须共同面对的事业。“我见证了气候议程的起起伏伏。”易卜雷表示，过去受制于技术手段的短缺，国际整体减排力度不足，“如今有了更多新科技手段，我们需要更多行动。”

相关行动已在两国之间展开。近年来，中冰在地热、能源、碳循环技术应用等领域的合作有明显成效：极地绿源公司和中国中石化集团合资设立的中石化绿源地热能开发有限公司自2006年成立以来，已将其业务扩展到中国60个县，在中国地热能产业拥有广泛的影响力；江苏连云港斯尔邦石化公司与冰岛碳循环国际公司碳制甲醇合作项目也已正式签约，成为中冰两国在碳循环技术使用领域合作的新突破，有助于深化两国在可持续发展和环保领域的合作……“不仅仅是地热，两国在能源领域已经合作了很长时间。基于两国丰富的合作经验，未来我们可以持续拓展合作。”易卜雷说。

面向未来，中冰两国都已规划出明晰的“路线图”。冰岛提出将在2040年前实现碳中和，制定了在2050年前完全停止使用化石燃料的目标。中国也提出二氧化碳排放力争于2030年前达到峰值，努力争取2060年前实现碳中和。易卜雷表示，中国是一个巨大的经济体，一举一动都会产生全球回响，每一个进步都会使全球受益，对中国自身和世界的发展产生积极影响。“我看到了中国对环保所做的努力和成效，中国已经取得重大进展，在北京可以看到这种变化。我们都从中受益。”易卜雷说。

## 冰岛巧克力“意外”走俏

经贸往来日益频繁也是中冰两国近年来交往的一大亮点。两国建交以来，尤其是中冰自贸协定实施以来的 8 年多时间里，双方贸易额稳定攀升，2020 年达到 56252 万美元。

易卜雷高度重视推动冰岛发展对华经贸关系。2021 年 11 月，他亲自前往上海，在进博会现场宣介冰岛好物。“进博会规模巨大，为冰岛产品提供了展示平台。”易卜雷说，从中国市场的消费情况来看，三文鱼等海产品深受中国消费者的喜爱，化妆品也在中国市场打出了名气，而最令他惊喜的是巧克力的“意外”走俏。“巧克力卖得很好，这在我们意料之外。”易卜雷表示，从小品牌到大公司，从威士忌到医疗器械，大量冰岛商品在华站稳脚跟，“中国市场大，充满机遇。”

易卜雷期待疫情早日结束，两国民间交往进一步深化。他介绍说，疫情前，冰中民间旅游交往关系密切，“两国有越来越多的交往与合作，这些进展令人振奋”。

谈到即将到来的北京冬奥会，易卜雷表示自己年轻时经常滑雪，是高山滑雪和跳台滑雪的爱好者，期待可以在本届冬奥会上观看这两项赛事。易卜雷乐见冰雪运动在中国蓬勃发展，“我相信中国运动员将在北京冬奥会上大放光彩”。

（文 / 张六陆　原载于《人民日报海外版》2022 年 1 月 24 日第 8 版）

# 易卜雷：祝中国朋友新春快乐

我想借此机会，祝中国朋友新春快乐，愿新年给诸位带来幸福、快乐和繁荣！

半个世纪以来，冰岛和中国建立了友好且富有建设性的关系。2021年12月8日，两国迎来建交50周年。值此盛事，冰岛外长吉尔法多蒂尔和中国外交部长王毅举行了视频会晤，双方总结了两国关系中业已取得的诸多成就并就进一步促进两国在有共同利益的领域内合作进行了探讨。

冰中合作的最大成就之一是减缓气候变化。两国在地热能源领域的合作由来已久，40年前，中国专家就已经开始参加联合国大学在冰岛的地热培训项目。2006年，随着中石化和极地绿源公司设立合资企业，两国地热合作更进一步。

如今，中石化绿源地热能开发有限公司是世界上最大的地热区域供暖公司，为中国北京、河北、陕西、山西、山东、辽宁和天津等省份提供可再生能源供暖，减少碳排放量，改善空气质量。此外，冰岛碳循环国际公司向中国公司提供新技术，捕获碳排放并将其转化为可再生的甲醇，进一步拓宽了两国绿色能源合作面。

冰中两国人民关系一直很友好。新冠肺炎疫情暴发前，2019 年中国赴冰旅游人数已经超过 10 万人次，中国民众对冰岛旅游的兴趣在不断增加。在冰岛每年接待的 200 万游客中，中国游客数量约占 5%。我们希望继续巩固双边关系，在疫情得到控制后，鼓励两国开通直航。

冰中教育与文化合作在蓬勃发展。两国学生交往密切，北京外国语大学设有冰岛语专业，济南大学设有冰岛研究中心。2019 年，冰岛和中国签署了关于相互承认高等教育学历学位的协议。冰岛驻华大使馆致力于通过多种方式，如举办艺术展出、组织音乐和电影活动等，在华推广冰岛和北欧文化。例如，2021 年冰岛驻华大使馆为庆祝冰岛语日举办了纪念活动，出版了由中国旅客拍摄的冰岛摄影集。

共同促进北极地区发展也是我们合作的重点。冰岛支持中国成为北极理事会的观察员，定期参加每年在冰岛首都雷克雅未克举行的“北极圈论坛”。我们一直认为，中国科学界可以为北极研究作出重大贡献。

事实上，成功的北极科学合作是冰中合作另一个值得强调的领域。双边关于北极合作的框架协议为中国最大的极地考察船雪龙号访冰提供了便利，也促进了中国—北欧北极研究中心在上海成立。研究中心与上海国际问题研究院建立了良好关系，促进了两国科学家间的合作。我相信，在可持续发展和气候变化领域，冰岛和中国有很多机会促进国际北极科学合作。位于冰岛凯尔赫的中冰联合极光观测台为促进北极国际合作提供了绝佳平台，也必将进一步增进两国科学合作。

最后，冰中贸易关系不断增长。冰岛是第一个承认中国市场经济地位的西欧国家，也是第一个与中国签订双边自由贸易协定的欧洲国家。现在，中国是冰岛在亚洲最大的贸易伙伴。未来，冰岛寻求继续发展对华贸易，并通过创新和产品营销促进新的贸易发展。

新的一年，冰中双边关系开启了新篇章。我们有责任努力使两国关系的下一个50年变得更加美好。

（文/冰岛驻华大使易卜雷　原载于《人民日报海外版》2022年1月24日第8版）

# 百位大使看到了真实的中国

“很高兴我能成为第100位接受你们专访的驻华大使！”2021年12月16日，冰岛驻华大使在接受“我在中国当大使”栏目组采访时难掩兴奋。

两年多来，100位驻华大使通过“我在中国当大使”栏目组的镜头，生动讲述在华故事，展示丰富多彩、生动立体的中国形象。

100位驻华大使见证中国发展。来自世界各地的驻华大使们是中国故事的“最前排观众”，他们亲历了中国发展的一个个历史瞬间。巴勒斯坦驻华大使法里兹·马赫达维早在1986年就曾来华，他见证了中国共产党领导下中国奇迹的发生，他说“中国奇迹是中国共产党决心、耐力、勤奋的结果，绝不是靠外人的恩赐或好运”。毛里求斯驻华大使王纯万曾到访贵州，他看到中国共产党和中国政府带领当地人民在大山深处修起公路和高铁，“长达万里的铁路和高速公路，相当于毛里求斯到欧洲的距离”。多米尼克驻华大使马丁·查尔斯深深感动于福建宁德发生的历史性变化，“只要朝着正确的方向前进，总会在隧道尽头看到光芒”。

100位驻华大使讲述中国情结。受访驻华大使结合在华所见所闻，多角度分享个人所思所感，既有高度又不乏温度。他们之中有人是中华文化的拥趸，韩国驻华大使张夏成以一句字正腔圆的“知之者不如好之者，好之者不如乐之者”开场，讲述他把《论语》名句作为座右铭背后的故事；有人成为中国制造的“粉丝”，阿根廷驻华大使牛望道是中国科技产品的“粉丝”，采访中他特意向栏目组镜头亮出佩戴的华为智能手表；有人是中华美食的“代言人”，埃及驻华大使巴德里虽是第一次来到中国，但他依然对儿时一道中餐记忆犹新、念念不忘，试图在中国寻找儿时的味道。

100 位驻华大使共话中外友谊。栏目组与百位驻华大使的对话，仿佛搭建了一座座桥梁，连通民心，传递情谊。热爱音乐的叙利亚驻华大使伊马德·穆斯塔法来华后爱上了京剧，他从中感受到了中国优秀传统文化的力量。喜爱中国功夫的莫桑比克驻华大使玛丽亚·古斯塔瓦曾两度访问少林寺，她认为武术中蕴含的刻苦和自律深深融入中国人的民族性格。印尼驻华大使周浩黎非常享受在华生活，他是中国高铁的忠实乘客，也是大熊猫的“粉丝”，他的微信里有各行各业的中国好友，他表示：“受到中国人民欢迎的幸福感是难以言表的，中国人有温暖、开放的心。”

在“我在中国当大使”的报道中，100 位大使讲述了他们看到的真实、立体、全面的中国。

（文 / 牛宁　原载于《人民日报海外版》2022 年 1 月 24 日第 8 版）

## 环游神秘的“冷酷仙境”

冰岛，由于地理位置靠近北极圈，被称为“世界尽头”与“冷酷仙境”。这里是世界上火山运动最频繁的地区之一，是每年冬季观测北极光的最佳地点之一，还是欧洲最大的冰川——瓦特纳冰川所在地。这个神秘而美丽的国度是无数游客心目中的旅行胜地。

如何尽览丰富多样的冰岛之美？沿着 1 号公路环岛自驾是不错的选择。途中，可以在冰岛西部观赏休眠的火山、壮观的冰山、飞流的瀑布等。行至冰岛北部，原生态自然景观在眼前铺展开来。由于接近北极圈，夏至时分还能欣赏动人心魄的极昼现象。

如果说 1 号公路环岛之旅是行走冰岛的经典路线，与动物为伴的生态游则是深入了解冰岛的“最佳打卡方式”。在人类踏足冰岛前，这片火山地区几乎没有陆地动物存在，唯一的例外就是北极狐。这种小型哺乳动物周身包裹着厚厚的皮毛，可以在最后一个冰河时期结束前穿越冰封的海洋，抵达冰岛安家，成为这里唯一的原生陆地哺乳动物。直到后来有人类踏上冰岛，兔子、羊、马、鹿等哺乳动物才走进了冰岛的生态系统。比如冰岛马，

冰岛钻石沙滩风光（冰岛驻华大使馆供图）

它们在1000多年前从挪威跟随冰岛第一批定居者来到冰岛并繁衍生存下来。成年冰岛马体型矮小，会被人误会为小马驹，但实际上冰岛马步伐稳健，善于行走在崎岖地带，哪怕是初学者也可驾驭，骑着冰岛马旅游已成为当地颇受欢迎的旅游项目。

冰岛沿岸广阔洁净的海域也蕴藏着多样的生态旅游资源，因为那里是海洋生物的家园。每年夏季，海豹和鲸鱼等大型海洋哺乳动物都会来到冰岛周边海域觅食。每年4月至9月，冰岛海域会有20余种鲸鱼现身，其中包括极为罕见的蓝鲸。冰岛有许多海滨小镇都可以提供一日观鲸团旅游服务。

如果时间充裕，还可以在冰岛之行中规划深度游与主题游，领略冰岛文化魅力。比如，走进首都雷克雅未克，在市中心的咖啡馆小憩，欣赏布满俏皮壁画的街头艺术，到诺特霍斯维克地热海滩晒太阳……雷克雅未克是联合国教科文组织命名的“文学之都”，游客可以在深度游中融入这片充满文化艺术气息的地区。此外，冰岛还是《木星上行》《遗落战境》《星球大战》《权力的游戏》等影视作品的取景地，游客可以打卡电影场景。

（文 / 吴正丹　原载于《人民日报海外版》2022 年 1 月 24 日第 8 版）

# 约旦

# Jordan

我/在/中/国/当/大/使

# “约旦赞赏中国减贫经验”

## ——访约旦驻华大使胡萨姆·侯赛尼

约旦驻华大使胡萨姆·侯赛尼　季星兆 / 摄

2021 年对中国和约旦来说都是具有历史意义的一年，中国共产党庆祝建党 100 周年，约旦迎来建国 100 周年。站在新的历史起点上，约旦驻华大使胡萨姆·侯赛尼对约中关系发展充满期待。

侯赛尼近日在接受人民日报海外网采访时表示："长久以来，是相互尊重让约中两国走到一起。我为两国关系感到骄傲，希望未来两国进一步深化各领域合作。"

## "对中国共产党有全新认识"

谈起来华之前的中国印象，胡萨姆·侯赛尼说："紫禁城、长城在约旦非常有名，但大多数约旦人对中国的第一印象是重视教育和科技。中国教育和科技创新的成绩，带给约旦重要启发。"

当侯赛尼真正走进中国时，这个古老而现代的国度给了他更多惊喜。"中国的飞跃式发展让人就像坐上了一台时光机。"他说，中国繁荣的经济、发达的基建、中国人向上的精神面貌，让他"对中国共产党有了全新认识"。让侯赛尼感慨的是，他到访中国任何地区看到的都是蓬勃发展的景象，"快速发展不是偶然的个例，中国追求的发展是均衡发展"。

从中国脱贫攻坚的成果里，侯赛尼看到了中国共产党为中国人民谋幸福的初心。他说，贫困是世界性难题，即使在发达国家，贫困问题也并未得到彻底解决。作为世界上最大的发展中国家，中国消除绝对贫困是一项巨大成就，中国共产党和中国政府为此付出了艰辛努力。“约旦赞赏中国减贫经验。”侯赛尼说，能亲眼见证中国的发展变化是非常难得的机会。他希望进一步加深对中国历史、文化和政策的了解，从中汲取对约旦发展有益的经验。

当前，中国未来 5 年乃至 15 年发展的蓝图已经绘就，14 亿多中国人踏上了全面建设社会主义现代化国家的新征程。“中国实现现代化不仅意味着世界 1/5 人口进入现代化，也将对包括约旦在内的世界各国产生重要影响。”侯赛尼表示，他十分赞赏中国提出的中阿命运共同体理念，他在中国实现现代化的进程中看到了深化约中合作的机遇。2015 年，约中正式建立战略伙伴关系，两国关系不断升温既是对历史的延续，也表明未来扩大合作拥有巨大潜力。

## “华为在约旦广受欢迎”

“我们期待在各方面尤其是经贸领域加强同中国合作。”侯赛尼说，约中在能源、矿业、制造业等广泛领域具有互补优势，希望未来两国续写更多合作共赢的新篇章。

两国源远流长的交往史，书写了一个个成功故事。“约旦古城佩特拉曾是古丝绸之路上的重要节点，也因此成为当时世界上最富饶的城市之一。”侯赛尼期待，约旦能够抓住共建“一带一路”机遇，实现自身发展。他说，约旦地理位置独特，地处亚非欧交汇之处。在抗击新冠肺炎疫情过程中，约旦已经充分发挥了作为地区物流枢纽的作用，向欧洲和邻国输送口罩、食品等重要物资。目前约旦正致力于帮助地区应对难民需求、医疗问题和粮食安全等诸多挑战。

“希望更多中国企业关注在约旦的投资机会。”侯赛尼说，约旦通信技术的发展走在阿拉伯地区前列，约旦很多年轻人和企业从事通信行业，中国通信企业能够在约旦找到优秀合作伙伴。华为等中国高科技企业已在约旦发展多年，对约旦信息通信基础设施建设作出了重要贡献。

不仅如此，华为还与约旦高校合作共建信息通信技术学院，为约旦培养信息通信技术人才。“华为是全球领先的通信企业，在约旦广受欢迎，与华为的合作让我们感到骄傲，希望继续推进未来的合作。”侯赛尼说。

新冠肺炎疫情后的经济数字化转型契机，让侯赛尼看到了两国加深合作的更广阔前景。他表示，疫情下中国数字经济发展迅猛，约旦数字技术也得到了检验，数字经济有望成为今后合作的增长点。“约旦有领先阿拉伯地区的网银系统，中国的电商和移动支付非常发达，约旦能为中国电商和移动支付进入阿拉伯地区提供绝佳平台。”



## “欢迎中国电影来取景”

在历史长河中，中华文明和阿拉伯文明交相辉映。侯赛尼认为，人文因素在约中、阿中关系发展中具有极为特殊的意义。

侯赛尼表示，历史文化为约中深入了解彼此打开了大门。中国今天的发展道路是从几千年悠久文明传承中走出来的。阿拉伯国家也拥有璀璨文明，深知历史文化对一个国家发展的重要作用。他期待，未来进一步拓展约中人文交流。

侯赛尼高兴地看到，中国很多高校开设了阿拉伯研究中心和阿拉伯语课程，这表明中国对阿拉伯语及阿拉伯世界的重视。他说，阿拉伯地区也开设了中国文化中心和孔子学院，逢年过节，约旦人非常乐意参加中国文化中心和孔子学院举办的庆祝活动。“还有很多约旦学生在学中文，学好中文对他们的人生发展很重要。约旦希望引入更多中文学习项目和平台。”

在侯赛尼加强两国人文交流的“愿望清单”中，电影合作也是重要一项。侯赛尼表示，中国的功夫片、历史片很多年前就进入了约旦观众的视野，现在约旦又引进了不少中国剧情片。“中国电影在约旦越来越受欢迎。”侯赛尼说，约中合作拍摄电影有助于进一步提升中国电影在约旦的关注度。中国有发达的电影工业，而约旦有著名的电影取景地。比如，约旦南部的瓦迪拉姆地貌独特，红色沙漠的奇观让人仿佛置身火星，世界上很多火星题材的电影都在此取景。“欢迎中国电影来取景，增进两国人民之间的文化交流和友谊。”

（文/毛莉　任天择　原载于《人民日报海外版》2021年4月5日第8版）

# 胡萨姆·侯赛尼：为约中友谊感到自豪



自2019年9月担任约旦驻华大使以来，没有什么比见证约中两国牢固的友好关系不断发展壮大更令我感到高兴，也没有什么比和中国各地的朋友一起工作更让我开心。

2021年是约旦建国100周年，这是我们回顾约旦历史和庆祝约旦成就的重要时刻。一个世纪以来，无论资源多么匮乏，无论地区面临怎样的困难与挑战，艰苦奋斗与建设现代化国家的决心始终贯穿着约旦历史。如今，约旦与世界各国保持着友好关系。虽然地处饱受战争和冲突困扰的地区，约旦却成为“稳定与保障”的代名词，为数百万寻求庇护的难民提供了安全住所。

令我们感到自豪的是，今天约旦在教育、信息与通信技术、医疗保健、银行业等诸多领域走在中东地区前列。约旦坚持将人民置于核心地位，致力于提高人民福祉。

同样令我们感到自豪的是，约旦和中国之间的友谊为深化双边合作打开了一扇扇大门。2015年，两国元首在北京宣布建立约中战略伙伴关系。

两国成千上万的留学生到对方国家学习，在旅游、文化、投资和贸易等广泛领域的合作也不断加强，中国已成为约旦第二大贸易伙伴。

中国“十四五”时期，我相信约中两国将在更多领域开展合作。约旦在中东地区的重要战略地位、良好的地理位置、完善的基础设施建设，可以为中国企业提供机遇。约旦与世界多国签订的自由贸易协定，让约旦有望成为本地区乃至更广泛区域的贸易、物流与服务枢纽。约旦的稳定环境、高素质人才、高品质生活，也将极大地促进商务发展。我们都期盼疫情导致的航班和旅行限制尽快解除，约中人民能很快恢复互访交流，两国不断释放合作新动能。

我想借此机会对中国共产党成立100周年致以祝贺，向中国共产党党员对这个伟大国家作出的卓越贡献致敬，并诚挚祝愿约中关系不断繁荣发展！

（文/约旦驻华大使胡萨姆·侯赛尼　原载于《人民日报海外版》2021年4月5日第8版）

· 采访手记 ·

# “感谢中国研发新冠疫苗”

“非常感谢中国研发新冠疫苗！我们对中国疫苗充满信心！”约旦驻华大使胡萨姆·侯赛尼与“我在中国当大使”栏目组一见面，就通过栏目组的镜头为中国疫苗点赞。

今年1月，约旦就已批准应急使用中国国药集团生产的新冠肺炎疫苗，约旦首相和多名大臣带头接种中国疫苗。侯赛尼大使注意到，约旦使用中国疫苗的新闻在中国社交媒体上了热搜。“约旦的疫苗接种计划面向约旦境内所有人开放。约旦人民接种新冠肺炎疫苗的意愿很高。”侯赛尼大使说，中国向世界提供疫苗是对全球公共卫生安全的重要贡献。

侯赛尼大使不是第一位通过栏目组点赞中国疫苗的驻华大使。日前，已有多批科兴疫苗运抵哥伦比亚，哥伦比亚驻华大使路易斯·蒙萨尔韦对栏目组表示，迎接中国疫苗对哥伦比亚全国上下而言都是件大事，中国疫苗为哥伦比亚人民带来了希望。“我们对中国疫苗的有效性充满信心，中国疫苗对哥伦比亚实行大规模疫苗接种计划作出了积极贡献。”蒙萨尔韦说。

斯里兰卡日前也已批准中国国药新冠肺炎疫苗的紧急使用。斯里兰卡驻华大使帕利塔·科霍纳对栏目组表示，新冠肺炎疫情是一个全球普遍问题，需要全人类携手应对。“斯里兰卡需要疫苗，我们非常赞赏中国为斯里兰卡提供疫苗。”

不久前，中国国药新冠疫苗运抵多米尼克首都罗索。多米尼克驻华大使马丁·查尔斯介绍，从中方做出承诺到疫苗完成交付，只用了短短几星期时间。“多米尼克对此深表感谢。”他说，“多米尼克多名政要第一时间接种，这向多米尼克民众和国际社会表明‘中国疫苗是安全的’。”

推动抗疫国际合作，中国一直走在前列。点滴细节之间，世界感受到了“中国温度”有多暖。

（文/毛莉　陆宁远　原载于《人民日报海外版》2021年4月5日第8版）

# 约旦之旅，不可错过



巍峨而壮丽的佩特拉古城、宁静而神秘的死海、融传统与现代为一体的首都安曼……无论是探险家、历史学者还是普通游客，走访约旦这个历史悠久、景致多样的国度都能收获难忘的回忆。如果你是科幻电影的影迷，更不应错过约旦之旅。

在约旦南部与沙特阿拉伯接壤的地带，一片面积达 740 平方公里的红色沙漠覆盖着大地，这就是瓦迪拉姆。因沙土瑰丽的色彩而得名"玫瑰沙漠"。近年来多部以火星探秘为主题的电影热映，让瓦迪拉姆作为"地球上地貌最接近火星"的名号愈加响亮。科幻发烧友"打卡"瓦迪拉姆的行程是自备一套"宇航服"行头，攀上险峻的砂岩山，面朝人迹罕至的广阔沙漠，拍下"火星探索者"孤独而勇敢的身影。

瓦迪拉姆不仅是冒险家挑战的"火星试验场"，而且是在旷野星空下浪漫约会的宿营地。泡泡帐篷位于沙漠深处，半球体的外观看上去很低调，走进去却别有洞天，舒适程度不亚于度假酒店。黄昏时分，在帐篷里打开落地窗帘，看夕阳染红半边天，与沙漠融为一体；夜幕降临，星光如点点

死海被称为“世界上最大的天然水疗中心”，每年吸引众多游客前往。
图为一名儿童开心地给自己涂抹死海泥。（约旦驻华大使馆供图）

钻石缀饰天空，躺在帐篷里的大床上数星星，尤其梦幻。

瓦迪拉姆不仅向游客呈现了地理奇观，还展示了悠久灿烂的约旦文化，是联合国教科文组织认定的世界自然与文化双重遗产。人迹罕至的沙漠留存下 1 万多年前人类行踪的印记——远古岩画，画面中的羊只、骆驼与人物仿佛都在无声地讲述往昔的故事。这片沙漠还是贝都因人的家园，作为逐水草而居的荒原游牧民族，这群阿拉伯人在外人眼中的不毛之地写下了沙漠传奇，他们顽强的生存意志和本领可见一斑。传说烤全羊最早就是贝都因人发明的，现在也是约旦的国宴大菜。

走出瓦迪拉姆，雕凿在悬崖峭壁上的古城佩特拉也值得一游。走进这座古丝绸之路上的重镇，如今最佳的游览体验是秉烛夜游于岩壁浮雕装点的神殿剧场。

当然，游客最不可错过的还是首都安曼。约旦几乎一半人口聚集在位于沙漠与河谷之间丘陵地带的“七山之城”安曼。老城中的城堡山是七山之中最高最古老的山丘。这里的希拉克略神庙饱经风雨，科林斯巨石圆柱擎天而立。游走于千年古迹之中俯瞰山下，可一览依山势蜿蜒起伏的市区街道风貌。大多数房屋的墙壁以当地特产的白石垒成或装饰，分外洁净的城市景观让安曼被誉为“白色之都”。



从红色“火星”到白色山城，约旦的精彩等待你去探寻。

（文 / 吴正丹　原载于《人民日报海外版》2021 年 4 月 5 日第 8 版）

# 卢森堡

# Luxembourg

我/在/中/国/当/大/使

# “看到今天中国的勃勃生机”
## ——访卢森堡驻华大使俞博生

卢森堡驻华大使俞博生　付勇超 / 摄

在卢森堡驻华大使官邸，一条挂满卢森堡巨幅风景照的游廊让人仿佛置身万里之外的“千堡之国”。近日接受人民日报海外网采访时，卢森堡驻华大使俞博生当起了向导：“这座看上去是古堡的建筑实际上是银行，卢森堡有很多银行，新中国在海外设立的第一家银行分支机构就落地卢森堡。”“中国驻卢森堡大使馆在一座有几百年历史的古堡里。”……在俞博生的娓娓讲述中，一个个鲜活的故事勾勒出卢中关系发展的长卷。

## “学习了解中国是大使的重要工作”

俞博生对中国的最初印象，来自儿时曾光顾的一家中餐馆。俞博生说，卢森堡市内有很多中餐馆，其中有家 20 世纪 80 年代初开张的中餐馆颇有名气，在那儿吃过的一顿午餐让他至今难忘。中国味道，成为俞博生与中国缘分的开端。

俞博生对中国的浓厚兴趣，从他的中文名中可见一斑。俞博生说，“俞”谐音“愉”，有欢乐之意；“博”是指他拥有经济地理学博士学位；“生”可解为“学生”，“因为学习了解中国是大使的重要工作”。

近 4 年来，俞博生不断了解中国：到陕西淘古玩，感受中华历史文化的深厚底蕴；到四川吃火锅，享受有滋有味的市井生活……俞博生说，每天从官邸到使馆的半小时车程，就是他的读书时间，“每一分钟都不会浪费”。对中国了解越多，俞博生就越感慨中国发展了不起。“改革开放40多年来，中国7.7亿农村人口摆脱贫困。”俞博生说，“这是一项巨大成就，没有其他国家办得到。”

谈起脱贫攻坚战，俞博生提起两国民间交往的一段佳话。2018年起，一位名叫尼科·汉森的卢森堡退休警察扎根广西河池宜州区刘三姐镇乍洞村，自愿给当地第一书记当起“助理”，和村民一起种百香果、种牧草、修路。3年多来，乍洞村的惊人变化让汉森认识到中国减贫的独到之处：中国政府关心贫困人口，帮助他们摆脱贫困，给他们未来的希望。从汉森的故事里，俞博生看到两国减贫合作的广阔空间。俞博生介绍，卢森堡将国民生产总值的1%用于发展援助，“希望在对外援助过程中向中国学习减贫经验，这可以成为卢中合作的增长点”。

## “卢森堡葡萄酒和中国美食是绝配”

俞博生认为，中国消除绝对贫困还有更深远的世界意义。“随着中国告别绝对贫困、中国国内购买力提升，中国将扩大进口和对外投资，这对整个世界来说都是好事。”俞博生说。

2021年3月，中欧地理标志协定正式生效，对中国和欧洲都是好消息。中国和欧洲的消费者可放心购买更多来自对方的优质产品，吃上更多来自对方的特色美食。卢森堡摩泽尔葡萄酒名列其中，卢森堡葡萄酒进入中国市场的路子更宽广更顺畅。“卢森堡葡萄酒和中国美食是绝配。”俞博生说，每次使馆举办宴会，他都会根据中餐菜谱精心挑选卢森堡葡萄酒，让来宾享受中国味道和卢森堡佳酿的融合之妙，他希望“更多中国朋友能喜欢上卢森堡葡萄酒”。

俞博生对两国经贸合作前景的信心，来自两国源远流长的经贸往来。在钢铁领域，两国合作已有100多年历史。俞博生日前到访湖北，专程到博物馆重温了两国钢铁合作的一段友好历史——1890 年，中国第一座钢铁厂汉阳铁厂在卢森堡专家欧仁 · 吕贝尔主持下建成投产。吕贝尔曾担任汉阳铁厂总工程师，在武汉工作长达 20 年。一张张历史老照片、吕贝尔的游华日记，让俞博生感慨万千，他在留言簿上写道："非常感谢能回到这个见证了卢中友谊之根的地方。"

## "空中丝绸之路"雪中送炭

展望未来，俞博生希望在中国的广阔天地找到更多深化两国关系的契机，河南是他多次提到的省份。"从河南可以看到中华文明的悠久灿烂，也可以看到今天中国的勃勃生机。我每次去河南，都会发现新变化。"俞博生说，"我喜欢河南和河南人民。"



俞博生这份特殊的河南情缘背后，是一条连通郑州和卢森堡的"空中丝绸之路"。郑州—卢森堡"空中丝绸之路"起源于 2014 年河南一家企业收购卢森堡货运航空公司 35% 股权。卢货航虽然是欧洲最大全货运航空公司，但市场增长乏力，需要中国的广阔市场；郑州致力于建设综合物流枢纽城市，需要国际网络和先进经验。双方在合适的时间走到了一起，找到了有效的合作方式，"空中丝绸之路"从此牵起了欧洲交通枢纽和中国内陆大省的"友谊之桥"。

让俞博生感触最深的是，面对新冠肺炎疫情，郑州—卢森堡"空中丝绸之路"这条国际大通道架起雪中送炭的"空中桥梁"，将抗疫物资源源不断输送到急需之地。在河南抗疫时，卢森堡及时送来了口罩和其他医疗用品。3 月，河南第一时间筹措的抗疫物资沿着"空中丝绸之路"飞抵卢森堡。"看到抗疫物资上'友谊无国界'的寄语，我很感动。"俞博生说，"我知道抗疫不是一个国家的战斗，中国等朋友愿意帮助我们，这很难忘。"

俞博生认为，在全球疫苗接种的关键时期，卢中携手能为全球抗疫继续作出更多贡献。

（文/毛莉　吴正丹　原载于《人民日报海外版》2021年6月4日第8版）

· 采访手记 ·

## 这位大使住在北京胡同里

得知对卢森堡驻华大使俞博生的采访将在大使官邸进行时，“我在中国当大使”栏目组对此行格外期待，因为这是栏目组走进的第一个“藏”在胡同深处的大使官邸。

官邸在北京市东城区内务部街胡同 21 号，窄窄的门脸看起来并无太多出奇之处，但朱红色的铁栅栏后别有洞天。

走过前院灰色烧砖铺就的甬道和一排平房，大使官邸豁然露出真容：灰墙红瓦的二层小楼融合了中欧元素，一座被中式游廊环抱的花圃植有松柏，四周的石雕宫灯更添一份古典气息。坐在小楼的阳台，可观春日雨、听夏蝉鸣、看秋风起、赏冬雪飞。

对热爱中国文化的俞博生大使来说，北京的这个“家”带给了他太多惊喜。第一眼，他和家人就爱上了这里。“住进来那一刻，我女儿兴奋地在院子里跑来跑去，好奇地探索角角落落，高兴地说‘这就是现在我们要住的地方了’。”

当栏目组走进主楼会客厅，立刻被一屋子大大小小的中式家具吸引。

一人高的飘窗前，摆放着一个上了年头的对开门木柜，枣红色的漆层已斑驳，但镏金的镂空雕饰光华不减，身着戏服的画中人神态清晰可辨。会客厅中央靠墙处有一个深红色中药柜，一格格抽屉保留着用毛笔写的“茯苓”“炙草”“连翘”等药材标签。紧靠药柜的白色沙发旁，一张小马扎颇为惹眼，它和墙上挂的一幅简笔画相映成趣。画里描绘的正是内务部街胡同的日常生活场景：一位老大爷坐在一张小马扎上与人谈笑。

精心布置的一桌一椅，无不展示俞博生大使对这里倾注的心血。大使边带栏目组参观，边介绍他的寻宝故事，“这是从西安淘来的，这是在北京买的。在中国每到一地，我都会去当地古玩市场淘一淘宝贝。”大使说，他希望用文化搭建两国人民友谊的桥梁。

俞博生大使喜爱中国文化，也很懂中国人的礼节。采访结束后，虽然栏目组一再请大使留步，他仍坚持“尽地主之谊”，将栏目组送到大门口。大使说，他闲暇时爱在门口溜达，看胡同里人来人往，他喜欢“打开门就看到老百姓的市井生活”。

（文/毛莉　张六陆　原载于《人民日报海外版》2021年6月4日第8版）

## 千堡之国，童话之境



被德国、法国、比利时环绕的袖珍小国卢森堡，国土面积 2000 多平方公里，人口仅有 60 余万人。卢森堡国土面积虽小，但以“千堡之国”驰名，独特的自然风光与人文景色吸引着众多游人前往打卡。

卢森堡首都卢森堡市因古堡、老城区和防御工事被列入世界文化遗产名录。由于地势险要，卢森堡在历史上一直是西欧重要军事要塞。15 世纪以后，卢森堡先后被西班牙、法国、奥地利等国统治 400 多年，卢森堡人为抵御外敌入侵，修建了三道护城墙、许多坚固城堡和 20 多公里长的地道。在岁月的冲刷中，当初的防御工事散去了金戈铁马的硝烟，如今已成为卢森堡的亮丽文化名片。

对很多游客来说，走进卢森堡如同走进了梦幻的童话世界。有人说，卢森堡的童话气质一半在森林，一半在峡谷。佩特罗斯大峡谷如鬼斧神工般将卢森堡城一分为二，新城区在南、旧城区在北。为连接两岸，当地人在大峡谷上先后修建了 100 多座大桥。其中最有名的两座大桥是阿道夫桥和夏洛特桥，其悬于绝谷上，攀过峭壁，气势如虹。伏桥而瞰，桥下是色彩斑斓的大片山谷，山谷中红、黄、绿各色树木交错；凭桥四望，举目所见是弯曲的小路、盘旋的阶梯、成群的鸟儿，动人景致不负“欧洲最美露台”盛名。而要想将整个卢森堡城的胜景尽收眼底，宪法广场是绝佳观景台。哥特式建筑、洛可可建筑、后巴洛克建筑……在森林汇成的绿色海洋间，座座古堡让人不禁生出一份远离尘嚣的宁静。

卢森堡　让・卡洛・埃默 / 摄

维安登古堡也是打卡卢森堡的必去之地。古堡位于乌尔河谷旁小山丘的制高点上，早在中世纪时就成了欧洲非常著名的城堡。维安登古堡下有一座美丽小镇，因为大文豪雨果曾流放于此，被人们亲切地称为“雨果小镇”。在这里，雨果写下了《悲惨世界》的部分内容。喜欢雨果的游客一定不能错过雨果故居，这里还保持着雨果在卢森堡居住期间的原貌。

无论是古堡深巷，还是绿境深邈，卢森堡都能满足游客对童话世界的想象。

（文 / 陆宁远　原载于《人民日报海外版》2021 年 6 月 4 日第 8 版）

# 卢森堡：新中国银行业“出海”第一站



卢森堡国土面积不到中国上海市的一半，但吸引了世界各国银行落户。20 世纪六七十年代，卢森堡考虑到依赖钢铁行业、经济结构单一带来的弊端与风险，在经济多元化的进程中着力发展金融业。

中国与卢森堡在银行业的合作渊源深厚。早在 1979 年，中国银行就在卢森堡设立分行，这是新中国在海外设立的第一家银行分支机构。如今，主要中资银行纷纷在卢森堡设立欧洲总部。目前卢森堡已成为欧洲人民币离岸交易中心之一和中国资本进入欧盟的主要门户之一。

与此相呼应，卢森堡国际银行 2019 年来到中国，正式落户北京，成为首家在中国大陆开设代表处的卢森堡银行。成立于 1856 年的卢森堡国际银行，是卢森堡历史最悠久的综合性银行机构。在卢森堡国际银行北京代表处的揭幕仪式上，卢森堡国际银行有关负责人表示：“中国在世界上属于发展强劲的国家，对我们来说独具吸引力，我们看到中国有很大的发展潜力，此次在中国设立代表处，代表着我们进入中国的第一步。”

世界第二大经济体和国际领先的金融中心携手，书写了一个个合作共赢的故事。近年来中卢在绿色债券、绿色信贷等绿色金融服务领域进行重点合作，为两国共建“一带一路”增添了亮色。绿色债券是国际市场上快速发展的新兴债券品种，募集资金专门用于支持具有环境效益的绿色产业项目。绿色债券对中国支持“一带一路”沿线国家进行基础设施等方面的绿色升级具有重要作用。据悉，中国金融机构已发行数只以“一带一路”或可持续发展为主题的绿色债券，在卢森堡证券交易所挂牌交易，募集数十亿美元资金用于支持相关国家绿色项目建设。中卢双方多年的合作与对话，正在助力全球绿色和可持续金融市场的建设。

（文 / 吴正丹　原载于《人民日报海外版》2021 年 6 月 4 日第 8 版）

# 马达加斯加

# Madagascar

我/在/中/国/当/大/使

# “我的名字写在顺德老家族谱里”

## ——访马达加斯加驻华大使罗班松·让·路易

马达加斯加驻华大使罗班松·让·路易　季星兆 / 摄

"我是第三代华裔，我的家乡在广东省佛山市顺德区乐从镇。"对马达加斯加驻华大使罗班松·让·路易来说，华裔血脉将他和远隔重洋的中国紧密相连。近日，罗班松接受人民日报海外网采访时说，自从爷爷在马达加斯加扎根后，回故乡看一看就是家族几代人的心愿，但从爷爷到父亲都抱憾而终。值得高兴的是，2008年，他终于实现了回乡寻根的愿望。

如今出任马达加斯加驻华大使，罗班松倍感荣幸："2008年赴华时，我就被中国人的友善深深打动。这次来华，看到中国人依旧热情友好，城市越来越漂亮，我没有遗憾了。"罗班松一家的故事，是华人成功融入马达加斯加社会的缩影，也是两国好朋友好伙伴好兄弟关系的生动体现。

## "每次回乐从，都觉得'一年一个样'"

"我的名字写在顺德老家族谱里！"回忆2008年回乐从寻根的经历，罗班松至今难忘那份震撼和感动，"我父亲终其一生没能回故乡，但他想尽办法把我的名字传回了故乡。"

不忘根本，是刻进很多马达加斯加华人心里的信念。罗班松说，马达加斯加从南到北大大小小的城市里都有华人，大家会聚在一起庆祝中国节日。数百年来，华人积极融入马达加斯加社会，很好地保留了中国传统文化。罗班松介绍，通过华人这座桥梁，可以了解马中乃至非中之间的紧密联系。"好几位印度洋沿海地区非洲国家驻华大使都有中国血统，这是非中源远流长友好交往史的见证。"

罗班松是中非友好的亲历者，也是中国发展的见证者。在担任驻华大使前，他多次到访中国。北京、广东、香港、甘肃……每一站，都为他理解今日中国提供了鲜活的素材。“每次回乐从，都觉得‘一年一个样’，中国的变化实在是太大、太快了，超出了我的想象。”罗班松说，“中国的发展堪称奇迹，不仅有速度还有质量。”

罗班松认为，中国共产党团结带领人民把中国建设成为世界强国。在中国共产党建党百年之际，罗班松祝愿中国共产党永葆活力，“继续带领中国人民实现长期稳定发展”。

## 种杂交水稻“吃饭不愁”

一个欣欣向荣的中国，为马达加斯加带来发展机遇。在罗班松的马中合作清单上，农业是优先领域。“马达加斯加有适合农业发展的自然条件，希望通过和中国的合作，帮助马达加斯加农产品出口，未来能把马达加斯加农产品出口到非洲各国，甚至销往世界各地。”罗班松说。

中国杂交水稻在马达加斯加的种植，让罗班松看到了希望。“马达加斯加人以大米为主粮，但农业生产力远赶不上消费需求，每年需要进口至少 30 万吨大米。”罗班松说，“马达加斯加水稻的产量过去每公顷大约只有 3 吨，但杂交水稻的平均产量每公顷可突破 10 吨。种上杂交水稻，马达加斯加人吃饭就不愁了！因为杂交水稻，马达加斯加不仅有望实现粮食自给自足，还可能出口大米。”

提起“杂交水稻之父”袁隆平院士，罗班松颇为动情。他特意展示了他珍藏的一张袁隆平在田间察看水稻的照片，背面写着袁隆平的毕生心愿——“发展杂交水稻，造福世界人民”。“这张照片是我去湖南时袁隆平院士送的。”罗班松说，“他是一位伟大的学者，愿意将他的科研成果与全世界分享。”

从杂交水稻在马达加斯加的推广过程中，罗班松体会到中国人所说的“授人以鱼，不如授人以渔”。而设立鲁班工坊，是中国帮助马达加斯加等非洲国家提升自主发展能力的又一重要举措。近年来，鲁班工坊在非洲多国设立，填补了中非合作职业教育领域的空白。2020 年 12 月正式揭牌的马达加斯加鲁班工坊首期开设电气工程和汽车工程两个专业，帮助更多马达加斯加青年掌握职业技能。参加“云揭牌”仪式的罗班松对鲁班工坊大加赞赏：“马达加斯加自 1960 年独立以来，国家发展长期受困于技术专家匮乏。现在有了鲁班工坊，有利于在马达加斯加传播先进技术。”

## 积极响应“一带一路”倡议

在谈及中国的大国担当时，罗班松提到最多的一个关键词是“国际公共产品”。他认为，如同中国愿意与世界分享杂交水稻技术一样，中国也向多国提供新冠疫苗援助。罗班松对中国疫苗投下了信任票。“我和我夫人都接种了中国疫苗，感觉很好。”他说，希望能引进中国疫苗，为马达加斯加抗疫提供助力。

中国提出“一带一路”倡议后立即得到马达加斯加的积极响应，马达加斯加成为首批与中国签署共建“一带一路”谅解备忘录的非洲国家之一。“‘马达加斯加振兴倡议’与共建‘一带一路’完美契合。”罗班松一边说一边手握指示笔，在一幅地图上点亮马达加斯加的轮廓。“马达加斯加地处印度洋西部和非洲东部航道的中心，是从太平洋、印度洋到非洲大陆的重要支点，也是非中共建‘一带一路’的桥梁和纽带，沿着这条线往东北方向延伸，就能到达北京。”

中国始终是非洲发展的积极参与者，2021 年 5 月，中非双方在联合国安理会“非洲和平与安全：推进非洲疫后重建，消除冲突根源”高级别会议上共同发起“支持非洲发展伙伴倡议”，旨在支持非洲疫后重建和发展振兴，推动国际社会凝聚共识，将资源用在非洲最急需的领域，为支持非洲发展形成更有效的合力。对两国的未来合作，罗班松充满期待：“马达加斯加是非洲第一大岛，有丰富的动植物资源、矿产资源、海洋资源和旅游资源。马达加斯加 22 个大区，每个都有发展规划，希望在中国企业强有力的帮助下共同实现发展目标。”

中国对非洲发展的坚定支持，让罗班松看到，在国际舞台上日益重要的中国始终与其他国家站在一起，为促进共同发展不遗余力。“今年是新中国恢复联合国合法席位 50 周年，谨致以热烈祝贺！”

（文/毛莉　张六陆　原载于《人民日报海外版》2021 年 8 月 16 日第 8 版）

# 罗班松·让·路易：为非中合作注入新动力



很多非洲国家自独立之时就和中国建立了外交关系，2000年中非合作论坛成立是非中关系史上一座里程碑，2018年中非合作论坛北京峰会上提出的“八大行动”倡议值得称道。中国与非洲国家合作，不干涉非洲国家内政，帮助推动非洲经济和社会发展，具有和平与稳定的意义。

2020年新冠肺炎疫情虽然暂时阻挡了国际交往的步伐，但也再次印证了中国提出的“人类命运共同体”理念的现实意义。这场全球疫情凸显了卫生和通信技术的重要性，我希望非中能加强五个领域合作。

一是卫生领域。疫情给非洲国家卫生系统带来严重冲击。例如，当新冠病毒发生变异，许多非洲国家因缺少基因测序实验室，不得不向其他地区的国家申请测序服务。推动卫生基础设施建设、购置足够的医疗设备和培训医务人员，应当成为非中合作的优先事项。

二是粮食安全领域。粮食安全是制约马达加斯加等很多非洲国家发展的主要挑战之一。因此我们迫切希望进一步加强非中农业合作，确保非洲粮食安全，最终做到增加农产品出口。联合国粮农组织、中国、马达加斯加在杂交水稻研究和推广方面开展三方合作，树立了一个具有创新性和广阔前景的范例。

三是基础设施建设领域。中国帮助非洲国家提升自主发展动力，以优惠贷款或捐赠为形式的中国对非投资有望增加。发展铁路、公路、水电站等基础设施建设是整个非洲包括马达加斯加的首要任务之一。中国相关各方更快速响应这些基建需求，将为非中合作注入新动力。

四是教育、科技领域。非洲是“技术鸿沟”的受害者，经济社会发展受到严重拖累。主要问题出在非洲的教育系统上。非洲应加强科学、技术、工程和数学教育的投入，因为这是创造力和现代化的基础。中国在这些领域处于领先地位。希望未来非中教育合作可以优先发展科技教育，这有助于从结构上改变非洲教育，使教育满足非洲大陆的发展需要。

五是人文交流领域。语言障碍、地理距离和两个大陆间欠发达的航空联系限制了包括旅游在内的非中人文交流。双方可以通过教育交流、媒体报道、互派留学生等途径增进相互了解。双方高校也应增设介绍彼此历史、文化、语言等知识的课程。

维护世界和平需要多方面努力，相信非中合作将为此作出更多有价值的贡献。

（文 / 马达加斯加驻华大使罗班松·让·路易　原载于《人民日报海外版》2021 年 8 月 16 日第 8 版）

·采访手记·

# 跟着罗班松大使“寻宝”



有人说，如果今天想要领略侏罗纪时代的风貌，想寻找一片独立的土地，马达加斯加是不容错过的打卡地。“我在中国当大使”栏目组对马达加斯加驻华大使馆的采访之行，变成了对非洲第一大岛的“寻宝”之旅。

马达加斯加驻华大使罗班松·让·路易的出场，与想象中西装革履、夹着公文包的形象大相径庭。初见罗班松大使，我们就被他的大敞口红色皮革篮子吸引了。时尚俏皮的设计，跟大使气质形成强烈反差。使馆工作人员笑言：“这是大使最爱的‘包’，走哪拎哪。”

让我们感到新奇的，不仅有大使个性十足的手提篮。走进使馆一楼的马达加斯加物产陈设厅，风格各异、五彩斑斓的草编挎包足有十几种，草帽也有七八种样式，大使邀请我们尽情试戴。于是我们顺势当起了“模特”，来一场马达加斯加主题时尚秀，或是戴上略显俏皮的四方小帽对着镜头竖起大拇指，或是挎上田园风格的草编小包拍摄“复古大片”。

除了草帽、挎包这类日常用品，“宝藏展”当然少不了真正的珍宝。在一张陈列桌上，摆放着马达加斯加的天然水晶原石。原石外部是一层薄薄的黑灰色外壳，从原石裂缝处可窥见密密麻麻的深紫色天然水晶颗粒，随着灯光角度的变化折射出亮丽的光泽。

盛产“宝藏”的马达加斯加，还有许多珍奇物种。在使馆里，我们看到了比人的手掌还大的彗星飞蛾标本。彗星飞蛾是马达加斯加特有的品种，是世界上身长最长的蛾类之一，淡黄色羽翼上长有 4 个对称的圆圈图案。除此之外，蓝黑相间、纯白、金色等各色蝴蝶标本也让人目不暇接。

带领我们看完马达加斯加琳琅满目的丰富物产，罗班松大使又安排了一场推介马达加斯加风光的观影会。大使还发出热情邀约：待疫情散去，欢迎中国游客去发现马达加斯加的独特风情。

（文 / 赵壹晨　原载于《人民日报海外版》2021 年 8 月 16 日第 8 版）

# 印度洋上的“动物天堂”

马达加斯加位于印度洋西部，隔着莫桑比克海峡与非洲大陆相望，是非洲第一大岛、世界第四大岛。1亿多年前，马达加斯加从冈瓦纳古陆中分离。远离了大陆上的气候变化与生物竞争，许多珍稀物种在稳定舒适的环境下生生不息。如今，马达加斯加岛上许多物种都是世间独有的。

动画片《马达加斯加》及接连推出的几部续集大获成功后，在电影中抢尽风头的动物明星狐猴，被人们视作马达加斯加的吉祥物。狐猴是现存最古老的灵长类动物之一，它的祖先曾见证恐龙的兴衰，如今已列入世界濒危动物名录。其中最引人注目的是环尾狐猴，黑白相间的尾巴是这群大眼睛小精灵的标志，也是它们在高草丛或树林中游走时彼此联络的醒目信号。清晨，环尾狐猴喜欢面朝冉冉升起的朝阳摊开双臂，暖一暖在漫漫长夜受了寒气的躯体，因此它们还被称为“太阳崇拜者”。

在马达加斯加西南部的伊萨卢国家公园，游客可与环尾狐猴合影，在毗邻首都塔那那利佛的安达西贝国家公园，还能倾听大狐猴的“歌唱”。安达西贝国家公园本身就是一片雨林，生活着分属不同家族的两群大狐猴。

成年大狐猴的身高与五六岁孩子相仿，是马达加斯加众多狐猴品种中最大的。洪亮的叫声是大狐猴的特色，声音之大，可以传到几公里之外。当游览安达西贝国家公园，可以住在建于雨林旁边的酒店，清晨时分被大狐猴的“歌声”叫醒，开启雨林冒险的行程。

凭借多变色彩隐藏于林中的变色龙，马达加斯加最大的食肉动物马岛獴，世界上最稀有的陆龟阿加诺卡龟……马达加斯加不愧为野生动物的天堂。不仅如此，这片土地上还生长着令人大开眼界的奇花异树。最典型的就是被当地人视作“圣树”、有“荒原水塔”美名的猴面包树。猴面包树学名叫波巴布树，又名猢狲木。在干旱少雨的马达加斯加热带草原，猴面包树凭借独特的枝干结构顽强生存，见证地球岁月，阅尽人间沧桑。它树皮光滑、木质疏松、表硬里软，利于储水。到了旱季，草原上的野兽会啃咬猴面包树解渴，长途跋涉的旅人也能从树上挖洞取水。在一些猴面包树

马达加斯加的猴面包树（马达加斯加驻华大使馆供图）

下，至今存有一些古代人类活动的遗迹。如今，当地居民还不时聚在猴面包树周围举办传统仪式。

港口城市穆龙达瓦是观赏猴面包树的绝佳地点，这里的猴面包树大道生长着 7 个不同品种的猴面包树，树龄约有 800 年，高度可达 30 米。光滑笔直的树干直入云霄，张牙舞爪的树冠好似树根，在落日余晖中，它们像站在大地边缘的巨人，无言守护着脚下的土地。雄浑而壮阔、悠远而沧桑，这一幕往往成为长久定格在游客脑海中的珍贵记忆。

（文 / 吴正丹　原载于《人民日报海外版》2021 年 8 月 16 日第 8 版）

# 马尔代夫

# Maldives

# “中国扶贫成果令人敬佩”

## ——访马尔代夫驻华大使艾莎特·阿兹玛

马尔代夫驻华大使艾莎特·阿兹玛在接受采访时展示马尔代夫特色漆器　付勇超 / 摄

马尔代夫以其极具魅力的海岛风情吸引着全球的目光，尽管相隔遥远，但中国与马尔代夫并不陌生。古时被海上丝绸之路联结的两个国家，如今在新时代携手扬帆、共同向前。

马尔代夫驻华大使艾莎特·阿兹玛近日接受人民日报海外网采访时表示，马尔代夫高度重视发展对华关系，中国过去、现在、将来都是马尔代夫重要的政治经济伙伴。

## “中国在我心中有特殊地位”

对于阿兹玛来说，“马中关系”这个词可谓贯穿了她的职业生涯。“自1988年进入马尔代夫外交部工作后，第二年我就参与到对华工作中。”阿兹玛回忆说，“我们当时正着手与中国公司商谈有关马尔代夫地产合作事宜，从那以后我一直致力于推进两国合作，中国在我心中一直有特殊地位。”

尽管与中国早早就结下缘分，但阿兹玛第一次踏上这片土地却是近20年后的北京奥运会。2008年，阿兹玛随团先后到访北京、南京等地，鸟巢和南京奥林匹克体育中心在她心里留下深刻印象。在那之后，阿兹玛探访中国的脚步开始加快：昆明、福州……每在中国地图上“解锁”一个点，都让阿兹玛对中国的了解更深一步。

对中国这些年的飞速变化，阿兹玛印象深刻。“中国近些年发展速度非常快，特别是扶贫成果非常突出，令人敬佩。”在阿兹玛看来，不断缩小的城乡差距就是有力的证明：“我去过中国许多地方，它们看起来都很先进、整洁，甚至让我分不清那里到底是城市还是村庄。”阿兹玛认为，“这得益于中国政府很好地鼓励了人民，发展已经渗透到中国的每个角落。尤其是在农业地区，大家生活都能自给自足。”

2019 年 8 月，阿兹玛正式出任马尔代夫驻华大使。新的工作岗位、新的观察视角，让阿兹玛对中国有了更加真实、直观的观察与认知。“在马尔代夫时，我与不少参与合作项目的中国人有过接触，他们都非常友善，乐于助人。”阿兹玛回忆，“但当我身在中国时，这种热情是不一样的。他们会确保你像是在家里一样，这样的悉心照顾让我非常有安全感。”

防疫期间，中国政府一直与马尔代夫使馆保持密切联系，确保馆员的安全与健康，还有全国各地的朋友给使馆打来电话表达关心，询问使馆是否需要帮助，这些都让阿兹玛真切感受到中国社会的温度。在她看来，语言障碍无法隔绝互通交流，困难时刻的守望相助更能体现两国的传统友好，“我们对两国友谊充满信心，对于中国政府和中国人民的帮助，我们深表感激”。

## 越来越多合作项目“落地开花”

阿兹玛对华认知日益增进的背后，是中马两国几十年间携手同行、共谋未来的大图景。作为两国关系诸多历史性瞬间的参与者和见证者，阿兹玛对中马互利共赢的合作模式感触颇深。

回想第一次参与对华合作项目的场景，阿兹玛仍觉历历在目：“两国合作的第一个房产项目建造在马尔代夫的首都岛上，那也是马尔代夫首个致力于提升首都环境的工程。马尔代夫的首都区域一直非常拥挤，中国的援建项目极大地改善了这一状况。从那时起，中国企业对马尔代夫建筑业的发展一直起着支柱性的作用。”近年来，阿兹玛开心地看到越来越多的双边合作项目“落地开花”：两国友谊最好象征的中马友谊大桥、中建承建的马尔代夫最大保障房项目、维拉纳国际机场改扩建项目、海水淡化工程……“这些年来，中国为马尔代夫的经济社会发展作出了巨大贡献。”阿兹玛说。

与此同时，中马人文领域的交流也频增亮色。阿兹玛介绍说，两国关系源远流长，最早可以追溯到中国的唐朝时期。千百年间，船舶往来，贸易不绝，郑和船队就曾两度到访马尔代夫。如今，新的海上丝绸之路将两国联结得更为紧密，文化交往更为热络。阿兹玛表示，中文在马尔代夫广受欢迎，马尔代夫大量旅游、建筑从业者会中文，还有越来越多的学生对中文产生兴趣。“我们对中国政府的中文奖学金计划深表感谢，这为马尔代夫学生提供了来中国学习中文的机会。”阿兹玛还特别提到，在专业选择方面，选择“全中文授课的国际关系专业”的马尔代夫留学生不断增加，“体现出中文对马尔代夫年青一代的重要性持续提升”。

“这些都表明我们的关系在过去的日子里越来越亲密。”阿兹玛感慨地说，“我相信中国将一直是马尔代夫重要的经济发展伙伴，我们的友谊在未来将会进一步加深。”

## 在服贸会达成“小心愿”

2020 年是中马建交 48 周年，也是马尔代夫独立 55 周年，在这一重要历史节点上进一步推动双边关系走向纵深是两国共同的心愿。虽然新冠肺炎疫情一定程度上打乱了既定的合作议程，但亲历中国战疫的阿兹玛对两国“后疫情时代”深化合作满怀信心。

阿兹玛看到，如今中国处处充满着生机与活力：全国各地的邀请不断发向使馆，重量级的活动陆续回到北京……在 2020 年 9 月举行的服贸会上，阿兹玛不仅对建筑服务展区的各种科技创新深感震撼，还在旅游展区达成了一个“小心愿”：见到了“去年 8 月就想寻求合作”的中旅、北旅等中国企业代表。“这次展会是我们与中国企业建立联系的好机会。我们还讨论了很多非常有意义的话题，例如中医药、体育合作等。”

最后，阿兹玛向所有的中国游客发出了诚挚邀请：“我们热切期盼着中国游客的到来！”

（文 / 张六陆　原载于《人民日报海外版》2020 年 11 月 2 日第 8 版）

· 采访手记 ·

# 这位大使对中国旗袍情有独钟

“印度洋上的翡翠”“世界旅游的仙境”……在不少中国游客心目中，马尔代夫这个印度洋岛国有诸多美誉，一度成为“海岛游”的代名词。

前往马尔代夫驻华大使馆采访的路上，“我在中国当大使”栏目组的年轻人对这个“椰林树影、水清沙白”的美丽国度充满想象，甚至提前设计好了视频开场画面、背景音乐等元素，以期为“虽不能至，心向往之”的受众们呈现一个可感的马尔代夫。进入使馆后，栏目组与马尔代夫驻华大使艾莎特·阿兹玛相谈甚欢。大使得知栏目组的拍摄计划后，特意安排工作人员拿出一个神秘的“大盒子”，打开后，细腻的白沙与斑斓的贝壳赫然呈现。大使介绍说，这是专门从马尔代夫海滩上“空运”来的海沙。欣喜于见到“远道而来”的“贵客”，栏目组纷纷拿出镜头和手机聚焦，并配上大使热情的画外音：“美丽的沙滩、湛蓝的大海、充足的阳光，马尔代夫欢迎中国朋友！”

拍完“海景”，栏目组告诉大使，中国香港有个卡通形象小猪“麦兜”，他的梦想就是去马尔代夫旅行，很多中国小朋友也是从麦兜的故事里开始了解马尔代夫。阿兹玛大使“十分惊喜”于中国孩子可以在充满童趣的动画作品中认识马尔代夫，又用中文谈起了一批正在马尔代夫屏幕上“走红”的中国影视剧及演员：《杉杉来了》、《温暖的弦》、赵丽颖、张翰……这让栏目组听来格外亲切。紧密的人文交流让中马两国更加亲近，两国人民也在频繁的互动中不断缩短心理距离。

除了时下流行文化，源远流长的中华传统文化在马尔代夫同样颇具影响力，阿兹玛大使本人正是中华传统文化的“资深爱好者”。在繁忙的工作之余，她会抽空去学习中国绘画与书法知识。在此前中国外交部组织的一场活动上，她接触到旗袍这一中国传统服饰，并被裙身刺绣织就的栩栩如生的图案“圈粉”。“我很喜欢中国旗袍的优雅！”阿兹玛大使说，“最近我就打算为自己订购一件。”

聊起两国传统文化，阿兹玛大使打开了话匣子，热情地从使馆各个展示架上搬来各式各样的马尔代夫特产：“这是马尔代夫的漆器，红黑配色、流线木纹是它的特点。工匠们以纯手工打造，我们有时会以此作为国礼赠送给国际友人。”“这是马尔代夫传统交通工具多尼船的模型。在风力适合的时候出海，乘多尼船从我们国家的首都抵达国境最北端需要3天时间。”……

这些精美物件与精彩瞬间都被栏目组的镜头及时捕捉下来，并在采访结束后制成1分钟短视频：白沙、贝壳、小舟、漆器……还有对中国旗袍情有独钟的女大使。搜索“我在中国当大使·马尔代夫篇”，你会遇见一个情景交融、真实立体的马尔代夫。

（文/牛宁　吴正丹　原载于《人民日报海外版》2020年11月2日第8版）

# 抛撒在人间的珍珠项链



位于印度洋上的马尔代夫是亚洲面积最小的国家，因其星罗棋布的千余座海岛，成为闻名遐迩的海岛度假胜地，拥有“抛撒在人间的珍珠项链”等诸多美称。远道而来的游客络绎不绝，纷纷被这个碧波荡漾的岛国吸引。

## 乘船亲近自然

26 组自然环礁、1192 个珊瑚岛分布在 9 万平方公里的海域内，岛屿平均面积 1~2 平方公里，其中仅约 200 个岛屿有人居住……从天空俯瞰马尔代夫，串联的岛屿犹如汪洋上随波漂动的花环。蓝天白云、椰林树影、水清沙细，再加上赤道线上热带海洋性气候造就的四季如一的温暖，马尔代夫为游客展现出未经雕琢的旖旎风光，仿佛弥漫着尘嚣外的悠然气息。

来度假的游客往往提前规划好了行程——沙滩逐浪、海湾潜水、出海垂钓，或者仅仅是流连于热带风情的街市，享受无处不有的日光浴。作为世界知名的海岛游目的地，马尔代夫不仅有奢华的五星级酒店，还有价格亲民的度假屋可供选择。四面环海的水上屋、四面环沙的沙滩屋，都会给游客留下回归自然怀抱的美好回忆。

天堂岛、太阳岛、双鱼岛、白金岛……想要游弋其间，马尔代夫从古代沿用至今的重要交通工具——多尼船必不可少。为了在岛屿之间穿梭，当地人就地取材，用椰子树的木材打造了这种轻巧的船只。以椰树干制成利于航行的新月形船体、以椰树纤维制成缆绳和挂帆、船身涂抹天然鱼油作为防腐剂……这些都展现了马尔代夫人不断传承演进的卓越手工技艺。

## “打卡”人文景点

位于卡夫环礁的马尔代夫首都马累，是国际游客登陆度假岛的中转站。由于马累面积较小，其国际机场是建在相邻的瑚湖尔岛。过去游客抵达马

在马尔代夫海底拍摄热带鱼　牛宁 / 摄

累机场后，需要先乘坐轮渡才能造访马累等马尔代夫城市。2018 年，中国援建的马尔代夫第一座跨海大桥——中马友谊大桥正式通车，极大改善了当地的交通状况。

中马友谊大桥跨越马尔代夫嘎杜海峡，总长 2 公里，主桥 760 米。在 33 个月的超短工期内，中马两国工程人员在一望无垠的碧波间打下形如振翅海鸥的 V 形墩，顶着强烈涌浪的冲击架起了长桥。主桥的拱形结构，继承了中国传统桥梁的建造工艺；桥头的景观采用犹如清真寺穹顶的弧形拱门，散发着浓郁的伊斯兰风情。大桥为隔海相望的马尔代夫民众带来了生活工作的便利，“圆了马尔代夫人的桥梁梦”。

有了中马友谊大桥，游客可以乘车轻松穿行马尔代夫的主要城市。用 5 分钟车程从机场抵达马累岛后，“打卡”人文景点的行程可以立刻展开：庄严肃穆的星期五清真寺里，许多墙面刻满玲珑的浮雕；独立广场上椰树参天，还有鸽子自由飞翔；想要了解马尔代夫的历史，不仅可以走进马尔代夫博物馆，在苏丹公园里也能找到古苏丹王朝留下的印记。

用 10 分钟车程从马累来到胡鲁马累，又是一番现代景象。“胡鲁马累”的字面意思是“邻近马累之地”，经由十几年填海造地，这里的面积已经超过了马累岛。新建的便利生活设施，让餐饮购物的选择更加丰富多彩。

## 品尝热辣美食

桥与船提供的便利，都是为了让游客能够尽情领略马尔代夫的独特魅力。海龟、玳瑁、珊瑚、贝壳……马尔代夫及周围水域海洋资源丰富，鱼类就有 700 多种。马尔代夫人捕捞最多的是金枪鱼，这也是当地最重要的食材。马尔代夫风味的金枪鱼餐，既有斯里兰卡烹饪的特色，也带有印度南部的传统风味，热辣之中还有椰子的清新香气，让人食指大动。

行程的尾声，往往是选购纪念品的时候。使用天然材料制成的精巧手工艺品是很好的选择。热带海岛遍布的椰树，是打造多尼船的物料，也是制作首饰、花瓶等的原材料。用椰子叶制成的垫子更是令人赞不绝口。马尔代夫人采用一代代传承下来的编织工艺，把普普通通的椰子叶变成独具特色的“民族风”垫子。这种椰树叶垫子不但实用，更是家居装饰的吸睛点缀。

对于游客而言，马尔代夫四季温暖、日夜温差不大，全年任何时候都适宜观光。当然，最理想的“打卡”时间段还是每年 10 月底到圣诞节。此时，西南季风影响下的湿润季节将近尾声，东北季风来临后雨水较少，游客更能充分沐浴海岛阳光。

沙滩漫步、水中畅游，享受马尔代夫美景的同时，游客们也一定要注意参加水上活动时的人身安全，并保护好当地的海洋生态环境。带回难忘的马尔代夫旅行回忆，也留下风光明丽的白沙海滩。

（文 / 吴正丹　原载于《人民日报海外版》2020 年 11 月 2 日第 8 版）

# 墨西哥

# Mexico

我/在/中/国/当/大/使

# “我们全家都喜欢过中国春节”

## ——访墨西哥驻华大使施雅德

墨西哥驻华大使施雅德　付勇超 / 摄

“我和家人把中国香港当作第二故乡，现在我们的家在北京。”墨西哥驻华大使施雅德日前接受人民日报海外网专访时这样表示。自20世纪80年代末到访香港开始，施雅德和中国结缘了30多年。任世贸组织副总干事期间亲历中国加入世贸组织进程、在香港岭南大学担任多年副校长、如今又在北京安家，施雅德笑言他是中国故事的“最前排观众”。他深信，墨中互为负责任的合作伙伴，两国深化合作大有可为。

## “对华贸易是最高优先级”

施雅德曾任世贸组织前身关贸总协定副总干事和世贸组织副总干事，并曾在国际货币基金组织和世界银行任职。从中国1986年申请复关到2001年加入WTO，施雅德见证了中国漫长而艰辛的15年谈判。早在中国递交申请之初，施雅德预见到中国作为世界最大发展中国家加入国际贸易大家庭的深远影响。“我那时就告诉我的团队，一定要多支持中国。”施雅德说，“我是中国的朋友，我也很自豪有中国这个朋友。”

“1987年，我到香港拜访一位朋友，从她家窗口能看到一栋25层的大楼，她当时告诉我这栋楼马上要被拆除。我非常不解地问为什么，她回答说要为一栋更高的大楼腾位置。当年香港一座座摩天大楼拔地而起的场景，如今发生在中国很多城市。”施雅德认为，中国的变化不仅体现在城市风貌上，更体现在中国人的精神面貌上。过去大部分中国人物质生活不富裕，现在中国人的生活水平显著提高，市场也更加开放，很多中国人外语流利、关心海外世界，中国社会变得更有活力。

中国不仅发展了自己，也激活了世界经济。施雅德表示，中国入世以来，成长为世界第二大经济体，对世界经济增长的年均贡献率接近 30%。对墨西哥来说，发展对华贸易是最高优先级。中国还在国际多边金融机构中发挥积极作用，推动成立亚投行、金砖国家新开发银行等。“无论贸易还是金融领域，中国在国际经济组织中都是积极贡献者。”施雅德说。

## “我的孩子参加舞龙表演”

20 世纪 80 年代，当施雅德第一次到访香港时，就被中国传统手工艺品“圈了粉”；90 年代，他常常到香港出差，那时结识的针灸医生为他了解中医文化打开了大门；2007 年，他受聘香港岭南大学担任副校长，举家迁往香港定居，开启了中国文化的深度体验之旅。

“我全家在香港生活了 15 年，过了 15 个春节。”施雅德说，“我在香港岭南大学当副校长时，每年春节都会在校园里组织各种各样的庆祝活动，我还曾经邀请上海艺术家到学校表演中国传统戏剧。我的孩子参加舞龙表演，吃中国传统食物，我们全家都喜欢过中国春节。”2021 年出任墨西哥驻华大使后，在北京的生活让施雅德看到了中国文化的丰富多彩。“中国不同地域的美食各有特色，我在香港爱吃港式点心，现在又喜欢上了川菜，尤其是火锅。”施雅德说。

对中国文化的喜爱，不仅出自施雅德的个人兴趣，也寄托着他促进墨中两国民心相通的愿望。“墨中已建立起良好政治互信，希望进一步推动两国人文交流。”施雅德表示，墨西哥人民和中国人民都很自豪于文明古国的悠久历史、灿烂文化，就像中国历史上有不同朝代，墨西哥创造了奥尔梅克文明、玛雅文明、阿兹特克文明等丰富文明形态。施雅德介绍，一座冰雕“玛雅金字塔”日前亮相哈尔滨冰雪大世界，拉开庆祝墨中建交 50 周年系列活动序幕。“期待这样的墨西哥元素能吸引更多中国朋友到墨西哥看一看，让更多普通人成为两国友谊的民间使者。”

## “祝北京冬奥会一切顺利”

新冠肺炎疫情期间，施雅德看到了墨中两国关系的韧性与活力。疫情暴发后，中国协助墨西哥开通“空中桥梁”，便利墨方包机来华采购抗疫物资。墨西哥成为首个批准两款中国疫苗紧急使用的拉美国家。中国疫苗等医疗产品受到墨西哥政府和民众的热烈欢迎与广泛好评，“谢谢中国”成为墨西哥社交媒体上的热词。

“包括拉美和加勒比地区国家在内，世界各地很多发展中国家都收到了中国疫苗。中国不仅向墨西哥提供疫苗，还帮助我们实现疫苗本地化生产。”施雅德表示，“我们非常感激中国，疫情下的合作增进了墨中关系和两国人民的友谊。”

令施雅德深为感佩的，不仅是中国推动抗疫国际合作的担当，还有中国在抗疫中展现的沉着。施雅德认为，中国“动态清零”防疫策略非常成功，有效控制了国内疫情，很好统筹了疫情防控和经济社会发展。“很多国家目前日均新增新冠感染病例远远超过了中国总感染人数，而中国在防控疫情的同时还实现了经济复苏。”施雅德说，“我在北京看到人们的生活已基本恢复常态。”

施雅德说，即将举办的北京冬奥会，将为处于疫情中的世界带来“一束光”。墨西哥花样滑冰运动员等正在积极备战北京冬奥会。“如果条件允许，我希望到现场观赛，期待运动员都取得好成绩。祝北京冬奥会一切顺利！”

（文/毛莉　张六陆　原载于《人民日报海外版》2022 年 1 月 10 日第 8 版）

# 施雅德：期待墨中合作取得更丰硕成果

墨西哥和中国同为文明古国，两国交往史源远流长。随着500年前海上商贸之路打通，“马尼拉大帆船”往来于墨西哥阿卡普尔科和亚洲的马尼拉之间，将中国的丝绸和瓷器运往墨西哥，推动了墨中商贸和人员往来。这种互动持续近5个世纪，本质上体现了两国的相互尊重和友好交往。

2022年，我们迎来墨中建交50周年。50年来，墨中关系发展取得巨大成就。新冠肺炎疫情暴发后，中国对墨西哥抗疫的鼎力支持让两国关系得到进一步深化。大量医疗器械、防护用品和新冠疫苗从中国运抵墨西哥，双方开展新冠疫苗的共同研发工作，拯救了生命。

从双边经贸关系看，中国是墨西哥第二大贸易伙伴，墨西哥制造业吸引的中国投资不断增加，越来越多中国企业赴墨西哥投资，也参与了玛雅铁路、墨西哥城地铁改造等重大基建项目。

让我倍感欣慰的是，墨西哥在担任拉共体轮值主席国期间，有效促进了中国与拉共体成员间的沟通与合作，双方在抗疫、减贫、科技等领域采取了切实合作行动。

与此同时，墨中在科技、教育和文化领域开展的合作是我目前最关注的，相关领域合作已成为双边关系中的核心构成部分。很多墨西哥人活力四射地走进中国这个多彩国度，他们是两国友谊的真正使者，让两国人文、商贸和学术交流越发紧密，诚挚期盼这种畅通无阻的交流得以继续保持。

为纪念墨中之间的深厚友谊，我们将于 2 月 14 日举行庆祝墨中建交 50 周年的纪念活动。我们对墨中关系发展下一个 50 年充满希冀，期待两国在贸易、投资、科技、人文等各领域合作取得更丰硕成果，更好惠及两国人民。出任墨西哥驻华大使是我的荣幸，我将继续致力于巩固墨中关系，为促成双方更有建设性的对话和普惠成果而努力。



（文 / 墨西哥驻华大使施雅德　原载于《人民日报海外版》2022 年 1 月 10 日第 8 版）

## ·采访手记·

# 听大使讲“壁画中的墨西哥”

如何“解锁”墨西哥文化的精彩侧面？“我在中国当大使”栏目组在采访中锁定了“壁画中的墨西哥”这个主题。但凡到过墨西哥首都墨西哥城的游客，定会被满城五彩斑斓的壁画迷住。建筑物墙壁、车站、地铁、汽车，都是画家们自由挥洒的“大画布”。各式壁画和涂鸦淋漓尽致展现色彩醒目的拉美风格，在城市每一个角落述说着墨西哥悠久的历史和墨西哥人丰富的情感。

当栏目组走进墨西哥驻华大使馆，在会客厅里与一幅壁画迎面相遇。画幅自屋顶垂至地板，浅棕黄的暖色笔调描摹出墨西哥先民围炉冶金、加工珠宝的场景。有人在河里挖沙淘金、有人鼓着腮帮吹气生火、有人低头凿石、有人制作羽冠……画中人物、景象、细节描摹得丝丝入扣，疏密、繁简、动静、聚散等画面关系处理得恰到好处，整个画面繁而不杂、人物多而不乱。

见栏目组感兴趣，墨西哥驻华大使施雅德热情地当起解说员：“这幅画是墨西哥国家宫壁画同尺寸复制品，原作者正是墨西哥国宝级画家迭戈·里维拉。”一画胜千言，墨西哥先民早就开始用壁画记录历史场景，玛雅文明遗址波南帕克遗存的宏伟壁画至今还在向世人诉说着当时的战争史诗。

里维拉凭借其丰富的艺术阅历和成熟的艺术思想，在墨西哥20世纪初的壁画运动中扮演了重要角色。里维拉的壁画作品以独特的艺术风格表现出一位墨西哥画家对本民族文化和历史的关注，他用画笔绘出了“可观赏的墨西哥历史”。

施雅德大使说，谈起里维拉还不得不提他的妻子——弗里达·卡罗。卡罗一生饱受小儿麻痹症与车祸之苦，但她从未向命运屈服。尽管无法站立只能卧床，卡罗也没有丢下画笔。破碎与疼痛、坚韧与不屈，游走于卡罗的画笔之下，成就了一幅幅传世之作。

在采访最后，施雅德大使面向栏目组的镜头说：“我推荐中国朋友读一读里维拉夫妇的故事。”栏目组当期以此为主题制作的短视频，引发网友对墨西哥艺术的浓厚兴趣，纷纷评价“画界奇才”“敬佩了不起的艺术家”……

（文/毛莉　武慧敏　原载于《人民日报海外版》2022年1月10日第8版）

# 在墨西哥寻踪美洲古文明

“辣椒与仙人掌之国”“玉米的故乡”“浮在油海上的国家”“白银王国”……墨西哥悠久灿烂文化的每一面都值得游客探索。

墨西哥悠久的历史写在国旗上。墨西哥国旗中央的国徽图案描绘了墨西哥先民阿兹特克人的神话——传说雄鹰叼蛇站于仙人掌之处，就是可以安居立业之地。曾经四处流浪的阿兹特克人循迹而至，在盛产仙人掌的墨西哥定居建国。从大约 13 世纪下半叶起，阿兹特克人从墨西哥中部高原谷地开疆拓土，逐渐建立起墨西哥和中美洲地区最强盛的帝国。在如今拉美地区最大的博物馆——墨西哥国家人类学博物馆中珍藏的太阳历石，正是当年阿兹特克文化的象征。太阳历石又称阿兹特克日历圆面石雕，雕工精美巧妙，整体呈现几何对称风格，尘封地下多年后于 18 世纪末被发现。这一珍贵历史文化遗产不仅是墨西哥国家人类学博物馆“镇馆之宝”，其图案还印在墨西哥现在流通的 10 比索硬币背面。

墨西哥灿烂的文明镌刻于当地每一处世界遗产中。从瓜纳华托古城、帕伦克古城等遗迹，到格雷塔罗市、莫雷利亚市等名城，墨西哥的世界遗

墨西哥瓦哈卡举行的民俗活动（墨西哥驻华大使馆供图）

产众多。特奥蒂瓦坎古城遗址中的太阳金字塔位列许多游客打卡墨西哥的愿望清单。每年春分日，墨西哥人会按照习俗登上金字塔顶，沐浴吸收太阳的能量，期盼这一年的好运。奇琴伊察古城遗址向游客展现美洲古代文明杰出代表——玛雅文明的风貌。城中勇士庙前的“千柱群”与库库尔坎金字塔足以让人想象玛雅文明全盛时期的辉煌。玛雅人通过刀耕火种的原始方式，最早培植了玉米和甘薯等农作物。辣椒、烟草、棉花等经济作物在玛雅文明时期也已广泛种植。玛雅人还驯养了火鸡、狗和蜜蜂，可以用龙舌兰纤维和木棉织布，并以可可豆作为通用货币进行贸易。在天文、数学、历法、雕刻技术等方面，玛雅文明成就非凡，对其后的其他文明产生了深远影响。

墨西哥首都墨西哥城是游客走近墨西哥文化历史的窗口。墨西哥城前身为阿兹特克人于 14 世纪上半叶建立的特诺奇蒂特兰古城，在其后 200 年时间里，特城发展成一座壮丽的水上城市。阿兹特克人的君主统治着上至墨西哥中北部、下达中美洲、东抵墨西哥湾、西至太平洋的地域，成长为中部美洲势力范围最庞大的城邦联盟，其社会也形成了诸多如今看来颇为高雅的习俗：喜欢类似“桑拿”的火山石蒸汽浴，用巧克力招待尊敬的客人，兴盛诗歌文学。当时西班牙殖民者初见特城，一度以为到了威尼斯或君士坦丁堡。

如今的墨西哥城融汇了更多现代文明，同时依旧洋溢着强烈的民族情调。入夜后城市广场上乐队云集，热情洋溢的墨西哥民歌引人驻足；索切米尔科水上公园卖花船、小吃船穿梭往来、招揽顾客，叫卖声、欢笑声不绝于耳……正如墨西哥驻华大使施雅德所说：“每一位到访墨西哥的游客，都能享受一段愉快旅程。”

（文/吴正丹　原载于《人民日报海外版》2022 年 1 月 10 日第 8 版）

# 摩尔多瓦

# Moldova

我/在/中/国/当/大/使

# “摩中关系像葡萄酒醇美绵长”

## ——访摩尔多瓦驻华大使杜米特鲁·贝拉基什

摩尔多瓦驻华大使杜米特鲁·贝拉基什　季星兆 / 摄

300多年前，一位名叫尼古拉·米列斯库的摩尔多瓦人不远万里来到中国，把3年间的所见所闻整理成《中国漫记》一书，引发了许多摩尔多瓦人对东方古国的遐想。今天，两国间这份百年之缘正续写新篇章。“摩尔多瓦与中国在各个领域开展紧密合作。”摩尔多瓦驻华大使杜米特鲁·贝拉基什近日接受人民日报海外网采访时表示，越来越密切的双边交往让人感受到如摩尔多瓦葡萄酒般醇美的两国友谊。

## “中国人拼搏奋进的精神从未改变”

2020年8月，贝拉基什飞抵北京，正式就任摩尔多瓦驻华大使。“看看窗外的北京，跟我第一次来时相比完全变了样。”贝拉基什说，“中国变化很大，当然有一点从未改变，那就是中国人不断向前拼搏奋进的精神。”

20世纪90年代，贝拉基什第一次到访中国。“我们访问了中国很多地方，当时中国政府对改革开放、国家发展战略的设想给我留下了深刻印象。”贝拉基什回忆道。

自此以后，贝拉基什多次访华，亲眼见证这些“设想”一步步成为现实：中国在铁路工程、人工智能、电子商务等领域走在世界前列；中国制造业是世界上最强大的工业之一，在全球500种主要工业品里，中国有200多种产品产量居全球首位；中国是世界第二大外资流入国……细数中国取得的一个个成就，贝拉基什说："在中国共产党的领导下，中国取得了被国际专家一致称为'经济奇迹'的发展成就。"

面对新冠肺炎疫情，中国展现的治理能力令贝拉基什感触颇深。"担任驻华大使让我有机会更近距离感受中国人民的生活。"贝拉基什说，"中国的抗疫举措严格高效，复苏经济的手段果断有力，这使中国成为世界上率先实现经济复苏的主要经济体。"

## "中国的帮助不附加任何条件"

给贝拉基什留下深刻印象的，不仅有中国抗击疫情的众志成城，还有中国对"人类命运共同体"理念的身体力行。今年上半年，中国多次向摩尔多瓦伸出援手，一批批检测试剂、口罩、防护服等防疫物资被运至摩尔多瓦首都基希讷乌。中国还通过举办医疗专家视频交流会等，毫无保留地同摩方分享疫情防控知识和经验。

"中国是防疫期间为摩尔多瓦提供最多帮助的国家之一。中国的帮助迅速、热情、真挚，不附加任何条件。对此，我们深表感谢。"贝拉基什动情地说，"中国朋友向我们传递的信息是：疫情是一时的，但友谊和合作是永恒的。流行病没有国界，团结和相互支持比什么都重要。"

贝拉基什特别提到在抗疫过程中发挥重要作用的中医药。据他介绍，摩尔多瓦是东欧地区首批开设中医药中心的国家之一。"经过多年耕耘，摩尔多瓦已有数家能提供针灸等中医诊疗服务的机构，在当地很成功。"

"纯天然、无创、副作用少是中医药的名片。"贝拉基什认为，这些历经千年沉淀下来的优点在当今世界正发挥积极作用。摩尔多瓦在草药加工方面也有悠久传统。贝拉基什介绍说，摩尔多瓦培育了 350 多种芳香植物和药用植物，其中不少在海外市场成了"抢手货"。他期待两国进一步加强中医药合作："我们愿意举办更多论坛、展览、专家研讨会，在摩尔多瓦推广中医治疗方法。”

## “中国是摩葡萄酒的首个亚洲市场”

肩负推动摩中关系发展的使命而来，贝拉基什有“新官上任三把火”的干劲。他的对华合作“清单”里，不仅有中医药，还有葡萄酒。

摩尔多瓦的葡萄种植业和葡萄酒酿造业十分发达，摩制葡萄酒以卓越品质赢得了全球消费者的赞誉和认可。1924年，摩尔多瓦携手法国、德国、意大利、西班牙共同创立国际葡萄与葡萄酒组织，推动全球葡萄酒产业走向精细化、规范化。



对摩尔多瓦人来说，葡萄酒不仅是支柱产业，也是民族文化的重要组成部分，摩尔多瓦流传着许多有关葡萄和葡萄酒的古老传说。贝拉基什说：“葡萄酒是摩尔多瓦的‘液体’名片。如果仔细观察地图会发现，摩尔多瓦的边境轮廓就像一株葡萄藤。”

贝拉基什高兴地看到，摩尔多瓦的“明星产品”在中国市场日益走俏。“中国是摩尔多瓦葡萄酒的首个亚洲市场，每年交付约900万瓶。”贝拉基什认为，随着中国国际影响力的扩大、新生活方式的推广以及中等收入群体购买力的增强，中国将会成为摩尔多瓦在亚太地区最大的葡萄酒消费市场和分销中心。

馥郁圆润的葡萄美酒，寄托着贝拉基什拓展摩中经贸关系的期待。2018年中摩双边贸易额超过6亿美元，同比增长18%，中国持续保持摩尔多瓦第六大贸易伙伴地位。未来两国经贸合作大有潜力可挖。蜂蜜、果汁、干果、植物油、化妆品、建材、汽车零部件……贝拉基什希望有更多摩尔多瓦产品进入中国市场。

葡萄酒是摩尔多瓦打开中国市场大门的“叩门砖”，也是中国人了解摩尔多瓦文化的一个窗口。近年来，不少摩尔多瓦葡萄酒厂商通过多种方式提升在华品牌知名度，摩尔多瓦葡萄酒被摆上了进博会、中国—中东欧国家博览会、中国出境旅游交易会等大型展会的展台。在贝拉基什看来，摩尔多瓦葡萄酒在中国的推广“超越了纯粹的商业层面，还包含着文化、历史和文明等要素”，为两国人民相互了解、增进情谊搭建了桥梁。

贝拉基什表示，当前两国正积极推动双边自贸协定、签证自由化的签署，以密切两国商务人员、学生和游客往来，促进两国和人民之间更加开放的对话。他希望“摩中关系能像葡萄成熟一样发展，像陈酿一般醇美绵长”。

（文 / 张六陆　原载于《人民日报海外版》2020 年 11 月 23 日第 8 版）

# 杜米特鲁·贝拉基什：中国是摩尔多瓦可靠的伙伴

2020年是摩尔多瓦与中国建交28周年。28年来，摩尔多瓦积极为发展两国良好关系创造有利环境。中国一贯主张所有国家无论大小强弱贫富，都应该平等相待。中国是这样说的，也是这样做的。中国是摩尔多瓦可靠的伙伴，摩中树立了小国和大国友好交往的典范。

摩中关系在各个领域健康稳步发展，两国政府坚持平等、相互尊重、相互支持的原则。中方尊重摩尔多瓦的独立、领土主权及发展道路。摩尔多瓦也坚持一个中国原则，在涉及中方核心利益和重大关切的问题上给予坚定支持。双方在国际和地区事务中密切合作。

今天，摩中合作正以更加自信的步伐进入更广阔天地。中国提出的“一带一路”倡议为摩中带来了新机遇，摩尔多瓦希望借此机会发展经济。摩尔多瓦地处欧盟和独联体之间，地理优势让摩成为沟通东西方的桥梁。摩尔多瓦政府提倡经济开放，与欧盟、土耳其等签署了若干双边和多边贸易协定。欢迎中国投资者赴摩投资信息技术、通信、机械设备制造、纺织品、食品工业和农业等广泛领域，通过摩尔多瓦的平台扩大对欧出口。

为吸引中国游客到访摩尔多瓦、感受葡萄酒文化，摩尔多瓦政府通过了关于简化中国公民签证制度的决定。从2017年8月1日起，中国公民如持有欧盟或申根成员国任何一国签发的有效签证，进入摩尔多瓦可免于办理短期签证。待疫情散去，欢迎中国游客到摩尔多瓦做客。

（文/摩尔多瓦驻华大使杜米特鲁·贝拉基什　原载于《人民日报海外版》2020年11月23日第8版）

·采访手记·

# 这位大使想学中文带货



每次前往各国驻华大使馆采访前，“我在中国当大使”栏目组都会从微博、抖音等平台搜索网友的兴趣点，这也是栏目组搜集采访问题的工作之一。

此次我们把“摩尔多瓦”一词输入搜索栏时，惊喜地发现有一位生活在中国重庆的摩尔多瓦小姐姐，凭借一口地道、流利的重庆话在中国成了“网红”。中国与摩尔多瓦民间交往的这桩趣事，成了我们和大使“攀交情”的“秘密武器”。

走进摩尔多瓦驻华大使馆，栏目组先被参赞西西莉女士的中文惊艳了一把。“你们以前的报道我都看了，非常精彩！谢谢你们对摩尔多瓦感兴趣！”西西莉女士字正腔圆的中文发音，让我们对摩尔多瓦驻华大使杜米特鲁·贝拉基什本人的中文水平更加好奇。

当栏目组和贝拉基什大使见面后，第一件事自然就是拿出“秘密武器”。我们一边打开手机向大使展示“重庆话八级”的摩尔多瓦“洋网红”短视频，一边问“您也会说中文吗？”提起学中文，贝拉基什大使一手比出三根指头，一手用一根指头横搭其间，“这是我认识的唯一汉字，我开车时常常看到这个字”。原来，初来乍到的大使靠交通标志认识了“出”字。大使一番连比带画、眉飞色舞的解释，惹来现场欢声笑语。

愉快的开场让采访气氛活络起来，贝拉基什大使的谈兴越来越浓。在摆满摩尔多瓦特产的展示柜前，贝拉基什大使立马变身“推销员”，一一介绍起摩尔多瓦葡萄、葡萄酒、护肤品、蜂蜜的独到之处。大使骄傲地说，摩尔多瓦种的葡萄可以酿造出世界上“最好的葡萄酒”。他决心尽快学好中文，为更多摩尔多瓦特产在中国打开销路：“给我半年时间，咱们再见面时，我会用中文为大家介绍。”大使指着使馆一位中方工作人员，向栏目组用中文介绍说这是他的“老师”，他现在每天抽出一段时间跟“老师”学中文。

不出所料，栏目组发布的短视频《学好中文带货！摩尔多瓦新任驻华大使立下 flag（目标）》在社交媒体引来网友互动。不少网友认出了视频中闪现的摩尔多瓦“洋网红”；更有网友留言询问大使的直播间在哪里，“想买摩尔多瓦葡萄酒尝尝鲜”。

（文 / 吴正丹　原载于《人民日报海外版》2020 年 11 月 23 日第 8 版）

# 到摩尔多瓦寻找田园牧歌

对位于欧洲东南部、与乌克兰和罗马尼亚相邻的摩尔多瓦，不少中国人会稍感陌生；但只要造访过这个拥有世界最大地下酒窖、欧洲最古老岩洞修道院的国度，就一定会被其田园牧歌式的风情打动。

作为传统农业国，摩尔多瓦自然淳朴的乡村风情是吸引游客的魅力所在。逃离城市喧嚣、远道而来度假的人们可以尽享摩尔多瓦田园生活的恬淡悠闲。若是赶上当地节庆，还可以与热情友善的摩尔多瓦人一起载歌载舞、欢度美好时光。

5 月的相思花音乐竞赛、8 月的“友人之脸”国际音乐节、9 月的民族爵士乐节……摩尔多瓦人热爱音乐，更热爱舞蹈，舞蹈被称为“摩尔多瓦人的灵魂”。参加当地音乐节，游客会看到身着白底红色刺绣传统服装的摩尔多瓦人列队开场；庆祝的高潮则是男男女女围成圆圈跳起霍拉舞。这种传统舞蹈欢快热闹，会把游客一下子拉进喜庆的节日氛围。

摩尔多瓦人以多彩节日庆祝他们的文化，也通过保存完好的古迹以示对文化的重视。普希金博物馆与普希金纪念碑就是摩尔多瓦不可错过的人

摩尔多瓦奥尔海伊　奥克萨娜·西曼诺夫斯卡娅 / 摄

文景点。这位伟大的俄国诗人与摩尔多瓦的不解之缘，正是摩尔多瓦丰富人文历史的一个缩影。

普希金曾被流放到今天摩尔多瓦所在的地域，一待就是三年，并在摩尔多瓦写下著名小说《叶普盖尼·奥涅金》的开篇。现在摩尔多瓦首都基希讷乌的普希金博物馆就是以普希金旧居为中心扩建的。

踏上木制门廊，走入白墙黑瓦的普希金故居，屋内的陈设一尘不染，地毯织纹花色依旧鲜亮。木架上排列整齐的书籍、椅边放置的手杖、案头插着的鹅毛笔……这些精心的布置一一还原了普希金昔日的生活点滴。为开拓布展空间，故居外还建起新馆，并围成小院，馆内翔实的文献实物摆满玻璃柜、挂满墙面。特别是珍贵的普希金手稿，值得文学爱好者专程拜访。

位于基希讷乌中央公园的普希金纪念碑，是人们怀念普希金的另一个去处。碧树成荫，环绕四周，一片红色的花坛中央是高耸的纪念碑，普希金的半身雕像安静矗立其上。这座雕像由敬仰普希金的摩尔多瓦民众捐款建成。每年 6 月 6 日普希金生日这一天，有不少慕名而来者献上鲜花与敬意。

除了普希金故居和纪念碑外，摩尔多瓦值得一游的人文历史景点还有不少。卡普里亚那修道院中不仅坐落着摩尔多瓦境内现存最古老的教堂圣母玛利亚升天教堂，更有摩尔多瓦最大的宗教图书馆，这里保存着中世纪许多国王馈赠的国礼。

新尼亚姆茨修道院位于德涅斯特河右岸，由布局错落有致的 4 座教堂和多座礼拜堂组成。摩尔多瓦最高的钟楼正是修道院的中央钟楼，它展现了中世纪繁复华丽的建筑设计风格。登上 70 米高的钟楼俯瞰河岸田园风光，别有一番意境。

品味摩尔多瓦，美酒自不必说，诸多人文景观更能带人们走入摩尔多瓦的历史长河，读懂这个国家独特的文化传承。

（文 / 吴正丹　原载于《人民日报海外版》2020 年 11 月 23 日第 8 版）

# 挪威

## Norway

我／在／中／国／当／大／使

# “期待 2022 年北京冬奥会”

## ——访挪威驻华大使白思娜

挪威驻华大使白思娜　杨皓铭 / 摄

清冽的海水、安静的冬夜、绚烂的极光、壮丽的峡湾……这是在北欧斯堪的纳维亚半岛西端的挪威。

带着一份与老朋友重逢的欣悦和期待，挪威驻华大使白思娜喜欢探访中国各地，切身感受中国的沧桑巨变，也从中发现了深化两国关系的诸多可能。

## “有了更多机会探索中国”



1987 年，白思娜在挪威首都奥斯陆学习中文，自此与中国结下不解之缘。1988 年，白思娜首次到访中国，与中国的联系增多。虽然当时中国还不是白思娜所从事外交工作的主要方向，“但自那之后，我一直关注中国发展”。

2019 年 5 月任挪威驻华大使后，白思娜“有了更多时间和机会探索中国”。不到两年时间里，白思娜奔赴中国各地：北京、上海、西安、青岛……繁忙的公务行程中，她会抽出时间来录制视频，尝试以中文记录自己的感受与体会，并发布在社交平台上跟网友分享。在闲暇时，山川、古迹成了白思娜的旅游目的地：玉龙雪山、扎尕那、古长城……“我还有很多想去的地方。”她说，“我们挪威人与自然的关系非常紧密，而中国也有很多美丽的自然风光。此外，挪威人对中国的历史和食物也很有兴趣。”白思娜透露自己最爱的中国食物是米粉，“我每次外出的时候都会带上一些。”

每到访一座城，每登上一座山，白思娜对中国的了解就加深一层，也总能从中发掘深化挪中关系的新契机。“我目睹了中国的飞速发展，一个 14 亿人口的国家崛起对整个世界有巨大影响。”白思娜表示，随着中国社会向前发展，挪威也有经验可以分享，比如人口和老龄化、城乡关系等问题。她期待两国挖掘更多合作的领域。

## “挪中因冬奥走得更近”

即将到来的2022北京冬奥会，无疑成为中挪两国加深合作的契机之一。推动两国在冰雪运动方面的合作，也成为白思娜近期工作重点。

2020年底，白思娜一行访问北京冬奥组委，听取了北京冬奥会准备情况介绍，还与中国首位冬奥会冠军、北京冬奥组委运动员委员会主席杨扬深入交谈。“我非常高兴能够见到杨扬，她是短道速滑项目的明星。”白思娜说，“挪威曾在冬奥会上取得了很好的成绩，期待2022年北京冬奥会的开幕。”

冬奥会拉近了中挪之间的距离，为两国深化在体育领域的合作提供了机遇。白思娜表示，挪威与中国在冰雪运动领域有着长期合作，一些越野滑雪和冬季两项项目的中国运动员正在挪威教练指导下进行训练。事实上，为了学习挪威先进的雪上项目发展经验，中国体育总局将挪威作为外训冬奥会的重点国家。2017年4月，中挪两国体育主管部门签署《中挪体育合作谅解备忘录》。此后，双方又陆续签署多项执行计划，冬季项目合作便是该计划的重中之重。

冬奥会不仅是运动员竞技的舞台，更是各国人民增进了解的桥梁。挪威是冰雪的国度，在那里，冰雪运动是几乎人人都参与的国民活动。随着中国的发展，特别是中国成功申办2022年冬奥会、冬残奥会后，中国冰雪运动的潜能被极大释放。白思娜高兴地看到中国提出了“带动三亿人参与冰雪运动”的宏大愿景，她说：“挪中因冬奥走得更近，参与冬季运动的人越多，挪中两国的合作空间就越广阔。挪威重视与中国在冬季运动领域的紧密合作，双方的共同努力将让冰雪运动的发展更加繁荣。”

## “挪中贸易合作空间大”

中挪关系近几年健康稳定发展，双边合作越发拓宽走深。白思娜提出，挪威和中国对自由贸易有共同的愿景，双方为早日达成双边自贸协定做出了很多努力。2019年11月，中挪举行中国—挪威自由贸易协定第16轮谈判，谈判取得了积极进展。2019年，中挪双边贸易额达73.4亿美元。“挪中贸易合作空间大，而且还有很大上升空间。”白思娜说。

中国是挪威在亚洲最大的贸易伙伴，不少挪威商品在中国市场上享有美誉，比如三文鱼等挪威海产品深受中国消费者的喜爱。2020年，新冠肺炎疫情重创全球贸易，国际冷链物流的安全问题也成为人们关注的焦点。白思娜表示，就水产运输问题，挪威已经建立起一整套严格的管理制度，让海洋运输服务环保卫生。与此同时，挪威一直与中国相关机构保持着密切沟通和合作，共同保障中国消费者的食品安全。

中国和挪威之间有努力克服疫情影响的通力合作，也有展望未来发展的共同愿景。白思娜表示，过去几年间，到访挪威的中国游客数量持续增加。她希望，疫情过后可以有更多的中国游客到访挪威，感受自然之美。“挪威的夏季和冬季都很美，特别是冬天还有绚烂的极光。”白思娜说。

（文/张六陆　原载于《人民日报海外版》2021年3月29日第8版）

·大使说·

# 白思娜：挪中有切实而重要的合作

也许有人会说，挪威是一个拥有500万人口的北欧国家，与中国的共同点不多。作为一个1988年就曾访问中国并从2019年起任驻华大使的挪威人，我可以肯定地说，挪中两国之间有切实而重要的双边合作。

挪中两国不仅在共同处理国际关切方面展开合作，还在气候、环境、商业、贸易、科研和冬季运动方面有着广泛的交流。

亲近大自然，发展可持续性经济，保护环境和子孙后代——这是挪中双边关系的重要基础。挪威人生息于大自然，收获于大自然，关爱大自然。挪威人推崇在自然中尽享时光，珍视这种自由平等的生活方式，这也被《国家地理》杂志评为“2020年度生活方式”。

挪威的自然美景和独特的生活方式，吸引了大量中国游客到挪威尽享夏日晴朗与冬日极光。2019年，有6.5万名中国游客到访挪威。待新冠肺炎疫情结束、世界恢复正常之时，我们期待更多中国游客光临。

船员穿越大洋，渔民出海捕捞……悠久的历史让海洋之国挪威引以为傲。挪威是世界上拥有最长海岸线的国家之一，领海面积超过陆地面积5

倍。保障海洋的可持续发展，挪威肩负重任。作为世界第二大海产出口国，挪威以可持续的方式在清冷澄澈的北大西洋海域开展水产捕捞。让我们高兴的是，来自挪威的安全、高质量的海鲜产品，如今已出现在中国的餐桌上。

海洋产业贡献了挪威70%以上的出口总值。据经合组织（OECD）估计，如果坚持海洋可持续发展，到2030年，海洋经济对全球经济增加值的贡献将翻一番。同时，"蓝色经济"也将促进全球技术发展，帮助世界实现《巴黎协定》目标。挪中两国在绿色航运和海洋技术等领域有着紧密合作，双边合作有望进一步加强。

中国努力争取2060年前实现碳中和的目标，不仅促进了国际气候合作，还向中国合作伙伴释放出积极信号。挪威经济的绿色转型依靠强有力的政治意愿和重大的技术变革。当前，挪中两国已在海上风电等领域展开合作。未来，两国在探索绿色解决方案方面还有巨大合作空间。

在挪威，冬季运动不仅是运动项目，更是一种文化传统与生活方式。距离北京2022年冬奥会和冬残奥会还有不到1年时间，很高兴看到挪威和中国在冬季运动方面有着成功的合作。我最近受邀亲身体验了张家口赛区雪道，我相信中国提出的"带动三亿人参与冰雪运动"的目标将让中国人的生活更加快乐、健康。挪威在冬季运动方面有竞争力，我们期待，秉持专业体育精神的挪中两国运动员能够早日同场竞技。

（文/挪威驻华大使白思娜　原载于《人民日报海外版》2021年3月29日第8版）

· 采访手记 ·

# 这位大使中文说得“溜”

在许多中国人的印象中，挪威是童话般的“冰雪王国”。“我在中国当大使”栏目组慕名探访挪威驻华大使馆，深入了解这个与冰雪有缘的北欧国度。

大使馆会客厅中，钢琴、壁炉、抽象画等陈设元素呈现出鲜明的北欧风格。不多时，身着印花长裙的挪威驻华大使白思娜款款走来，与栏目组一一握手问好。寒暄过后，大使主动用中文与记者聊起来。她说：“中文是了解中国的一把钥匙。”随后，她翻阅“我在中国当大使”栏目以往的报道，用中文一字一句地将标题完整念出来，发音字正腔圆，赢得栏目组一致点赞。

白思娜大使除了中文说得“溜”，也十分热爱户外活动。她格外青睐中国的大好河山。在采访中，大使特地拿出手机翻出相册里与诸多中国山水名胜的合影一一介绍：“这是玉龙雪山，这是青海湖……看，我是登上长城的‘好汉’！”白思娜大使表示，中国有很多秀丽的山川与迷人的景观，她希望“未来能够到中国的各个省市都看一看”。

正如白思娜大使所言，体育运动和户外活动是挪威人日常生活重要的一部分。挪威是冬季运动强国，在2022年北京冬奥会、冬残奥会倒计时一周年之际，挪威国家队在使馆举办了庆祝活动，将冰壶等冬季运动设施摆进使馆，栏目组成员也在使馆体验了一把挪威冰壶打法。白思娜大使表示，她对2022年北京冬奥会特别期待。虽然冬奥会要面对新冠肺炎疫情的挑战，但是白思娜大使仍然满怀信心，准备迎接挪威代表团来华参赛。

（文/赵壹晨　原载于《人民日报海外版》2021年3月29日第8版）

# 在挪威拥抱大自然

挪威，这个位于斯堪的纳维亚半岛西部的北欧国家，森林覆盖率达到37%，这对于地处高纬度地区的挪威来说十分难得。森林的绿色，冰川的纯白，极光的幻彩……大自然的恩赐给予挪威缤纷的景致。

漫步在挪威的原始森林中，心无旁骛地呼吸新鲜空气，自然而惬意。如果行程紧张，推荐游客寻访厄斯特达尔山谷，这是从挪威首都奥斯陆到第三大城市特隆赫姆最快速的路径，因穿越绿色森林而得名“绿色捷径”。沿公路自驾，顺格罗马河前行，河水轻快流淌，温煦的阳光透过苍翠的松树林照射过来。一路除了满眼绿色，还有艺术家沿途创作的60多件艺术品陪伴——一会儿冒出一只金属驼鹿塑像，竟有10米之高；一会儿又有色彩鲜艳的驼鹿鹿角造型艺术品“出没”在路边林子里。穿行于挪威的森林，寻觅点缀林间的艺术品，不仅有助于司机摆脱驾驶的疲劳，更可以让游客感受挪威人以自然为灵感的创造力。

追寻极光是挪威之旅的必选项目。在传说里，极光是女武神瓦尔基里的盔甲，闪耀着奇特的光彩；用科学原理阐释，极光是太阳放射的微粒流

在挪威观赏极光奇观　约翰尼·戈伦德 / 摄

被地球磁场捕获，与大气中的物质碰撞释放出能量的现象。尽管挪威 1/3 的国土都在北极圈以内，然而作为一种天气现象，极光的出现充满极大的偶然性，可遇不可求。

挪威北部最大城市特罗姆瑟接近北纬 70 度，位于极光椭圆区的中央，是欣赏极光的绝佳位置。为了一览极光如梦似幻的真容，许多游客不远万里跋涉来到严寒的挪威北方，用厚重的防寒服将自己包裹得严严实实，守在常有极光降临的旷野之地，满心期待这人间奇景在千呼万唤中浮现，但极光好似捉迷藏一般迟迟不见踪迹。也许就在你准备打道回府之时，天边阴霾忽然散去，璀璨壮丽、千变万化的美丽光带不经意间滑过晴空。

相比其他能看到北极光的地区，挪威全境气候更加温和，条件更加优越。挪威人推荐游客们尽情投入大自然的怀抱。热爱自然、喜欢在天然水域从事水上户外运动的挪威人，常会对游客发出热情的邀请——“嘿，跟我们一起去瓦洛伊岛或是罗弗敦群岛玩皮划艇吧！”“我们玩着玩着就会遇见极光，脚下是海浪，头顶是海浪波纹一样的极光。”挪威人将极光形容得这般亲切平常，更多因为他们能够融入自然。在极光下，他们逐浪嬉戏，邂逅鲸鱼海豹，甚至会在夜晚结束行程时选择钻进睡袋或干脆睡在露天吊床上。

与奇幻森林、美妙极光并列挪威“六绝”的还有壮阔的峡湾。冰川消退，海水涌入 U 形山谷，就形成了峡湾。挪威境内有千余处峡湾，比如三面环山、白雪覆盖的艾于兰峡湾，又长又深的松恩峡湾，充满野性美的纳柔依峡湾，《碟中谍 6》取景地吕瑟峡湾……无一不蕴藏着地球原始而伟大的力量，却又以一种宁静安详的姿态示人，这就是挪威峡湾带给游客的自然之美。2005 年，挪威西部的峡湾进入联合国教科文组织认定的世界遗产名录。“狭窄而陡峭的水晶岩壁耸立在挪威海上，海面以上的岩体高达 1400 米，海面以下也有 500 米。”联合国教科文组织在评价中如此描述这一独特的自然景观。

（文 / 吴正丹　原载于《人民日报海外版》2021 年 3 月 29 日第 8 版）

# 巴基斯坦

## Pakistan

我/在/中/国/当/大/使

# “巴基斯坦超 90% 新冠疫苗来自中国”

## ——访巴基斯坦驻华大使莫因·哈克

巴基斯坦驻华大使莫因·哈克　付勇超 / 摄

2021 年对中国和巴基斯坦意义不同寻常，这一年既是中国共产党成立 100 周年，也是中巴建交 70 周年。“很高兴以驻华大使身份在中国庆祝这两件大喜事。”巴基斯坦驻华大使莫因·哈克近日接受人民日报海外网专访时表示，巴基斯坦非常钦佩中国共产党在中国经济社会发展中发挥的引领作用，“巴基斯坦能从中国的发展中借鉴很多经验”。

## “新疆是个好地方”

哈克来华前阅读了大量关于中国的书籍。不过，纸上得来终觉浅，哈克 2020 年来华后，在遵守防疫规定的前提下走访大江南北，发现一个个鲜活的中国故事。“中国地大物博，我几乎每月都会去不同省市看看。”哈克说，“中国已全面建成小康社会，我走访的省市越多，就越觉得中国这个成就了不起。上海、成都、重庆、青岛、湘潭……不同城市各有特色，但都发展得很好。”

回想几个月前的新疆行，哈克说：“新疆喀什地区与巴基斯坦接壤，连接起古丝绸之路的重要通道。新疆是个好地方，基础设施完善、社会安定、文化多样。”新疆之行，哈克最难忘的是走进当地普通人的家，一位维吾尔族父亲和他聊起“儿女经”：希望女儿长大当建筑师，儿子成为警察。“新疆人民对生活充满希望，给我留下了深刻印象。一些西方媒体抹黑新疆的报道是不真实的。”哈克表示。

亲眼看到中国人越过越红火的日子，哈克深刻认识到中国共产党何以历经百年而不衰：“中国共产党是一个真正以人民为中心的政党，重视改善人民住房、教育、健康、就业等条件，为人民创造美好生活，巴基斯坦需要向中国学习。”

## “继续加强双边贸易投资”

在中国欣欣向荣的发展图景中，哈克看到了巴基斯坦的机遇。“在中国，不论我走到哪里，都会与当地企业家见面。”哈克表示，“要继续加强双边贸易投资。”让香甜软糯的巴基斯坦芒果走进更多中国家庭，是很多巴基斯坦人的心愿。芒果在巴基斯坦有“水果之王”美誉，是该国出口创汇的主要水果之一，出口 100 多个国家和地区。不过，由于运输等因素制约，巴基斯坦芒果过去在中国市场并不多见。今年 6 月，中国首次通过货运包机进口的巴基斯坦芒果运抵兰州；8 月，著名的乔萨芒果亮相上海……看到巴基斯坦芒果在中国销路越走越宽，哈克格外高兴。

哈克说，中国已连续多年成为巴基斯坦最大投资来源国和最大贸易合作伙伴。2020 年实施的巴中自贸协定第二阶段议定书成效显著，越来越多的巴基斯坦对华出口商品享受零关税。今年上半年，尽管受到疫情影响，巴对华出口却逆势上扬。“希望今年巴基斯坦对华出口突破 30 亿美元，这对双边经贸关系发展具有历史性意义。”哈克说。

中巴合作越往前走，给巴基斯坦人民带来的福祉就越多。备受瞩目的中巴经济走廊是“一带一路”先行先试示范项目，已累计为巴基斯坦带来 254 亿美元直接投资，高峰时为巴创造 7.5 万个就业岗位，帮助巴新增 5200 兆瓦电力，886 公里国家核心输电网，510 公里高速公路……“巴中经济走廊深刻改变了巴基斯坦。”哈克举例说，巴基斯坦历史上深受电力短缺困扰，这条走廊通过很多能源项目帮助巴基斯坦摆脱能源危机。走廊目前聚焦产业、科技、农业、社会民生等领域合作，将更好造福两国人民。

## “非常感激中国伸出援手”

在外交生涯中，哈克与很多中国人结下了深厚友谊。哈克曾任巴基斯坦常驻联合国教科文组织代表，和中国同事的合作给他留下了很多美好回忆。“中国是联合国教科文组织各项倡议和行动强有力的支持者，我在联合国教科文组织工作时经常和中国同事就文化遗产保护、女童受教育权保护等展开合作。”哈克说。



2021 年是新中国恢复在联合国合法席位 50 周年，这 50 年正是中国不断为世界作出贡献的 50 年。“1971 年中国重返联合国那一刻，世界政治就永远改变了。”哈克表示，“自此，中国在国际舞台扮演越来越重要的角色，在维护世界和平安全、应对气候变化等广泛领域发挥积极作用。巴中两国都坚定维护多边主义，我们很自豪能与中国合作。”

面对新冠肺炎疫情，中国推动抗疫国际合作的理念与行动让哈克印象深刻。中国已向 100 多个国家和国际组织提供了 14 亿多剂新冠疫苗，极大提升了疫苗在发展中国家的可及性和可负担性。“目前，巴基斯坦超 90% 新冠疫苗来自中国，每月都有中国疫苗运往巴基斯坦。在中国帮助下，巴基斯坦还实现了新冠疫苗本地化生产。”哈克说，“我们非常感激中国伸出援手，为巴基斯坦抗疫提供了至关重要的支持。在促进抗疫国际合作方面，中国展现出强大领导力。”

（文／毛莉　张六陆　原载于《人民日报海外版》2021 年 10 月 18 日第 8 版）

# 莫因·哈克：巴中文化有着天然亲近感

巴基斯坦和中国是全天候战略合作伙伴，是“铁哥们儿”。在中国共产党成立100周年、巴中建交70周年之际，巴基斯坦以主宾国身份参加第28届北京国际图书博览会具有特殊意义。

文学是生活的“晴雨表”。思想与文字的力量，改变了人类社会，塑造了历史进程。美的表现形式有很多种，而书籍里那些以优美文字表达的深邃思想最具魅力。文学超越了种族、语言和民族界限，反映出全人类的共同愿望。所有伟大国家和社会都从书籍里寻求智慧与启迪。

文学作品和作家在进一步深化巴中友谊和构建巴中命运共同体方面具有独特作用。巴中文化有着天然亲近感。两国文学是亚洲价值观的体现，也是两国传承历史文明、彰显包容精神的载体。两国文化界的友好往来有深厚历史基础。1965年，在巴中文化交流协定的框架下，两国首次签署年度文化交流执行计划，在文化、艺术等领域扩大了双边交流。

目前两国政府正在加紧努力，扩大双边文学交流，进一步拉近民众之间的距离。令人欣慰的是，巴中文学联系不断加强。今年，首届巴中文学论坛成功举办，巴基斯坦文学院与中国作家协会达成了合作协议。巴中还签署了关于经典著作互译出版的备忘录，这将推动两国人民走得更近，帮助人们从巴中古典文学中汲取精神力量。

两国文化交流应保持良好势头，鼓励两国学生、学者、艺术家密切互动。学者和艺术家是文化交流的真正使者，他们的友好往来将有利于继续深化巴中友谊、推动两国人民共同进步和发展。

（文 / 巴基斯坦驻华大使莫因·哈克　原载于《人民日报海外版》2021 年 10 月 18 日第 8 版）

### ·采访手记·

## 哈克大使难忘杨倩夺冠一幕

东京奥运会与即将召开的北京冬奥会，让体育在国际人文交流中的热度不减。“我在中国当大使”栏目组给巴基斯坦驻华大使莫因·哈克的采访提纲中，“体育”是关键词之一。

走进巴基斯坦驻华大使馆，栏目组的目光即刻被大厅里的体育元素吸引——一个黑白相间的足球摆放在玻璃展示柜正中央，被巴基斯坦地理风情画册与金光闪闪的大小奖杯环绕，格外醒目。当栏目组问这个足球的来历时，使馆工作人员自豪地说：“足球是‘巴基斯坦制造’的明星产品，巴基斯坦锡亚尔科特被称为‘世界足球生产之都’，世界上大约70%的足球都产自这里。”

自1982年西班牙世界杯首次使用巴基斯坦制造的“探戈”足球，锡亚尔科特的手工缝制足球就走到了国际足坛聚光灯下。2018年，在首届进博会上，以主宾国身份亮相的巴基斯坦专门展出当年俄罗斯世界杯比赛用球“电视之星”，为巴基斯坦制造的体育用品代言。

对哈克大使来说，体育是经贸合作的桥梁，更是人文交流的纽带。东京奥运会期间，巴基斯坦驻华大使馆官方微博为中国运动员持续刷屏，与14多亿人共享中国奥运健儿的胜利喜悦。乒乓球女团决赛中国队夺魁，使馆微博发文祝贺中国在此项奥运赛事中“四连霸”；女子标枪中国选手拔得头筹，使馆微博发文称赞亚洲人首次摘下这枚奥运金牌，称其为“历史性胜利”。同亿万中国人一样，哈克大使也守候在电视机前为中国体育健儿助威。大使连比带画地回忆起他观看杨倩勇夺东京奥运会首金的场景：“当杨倩准备打出最后一枪时，她全神贯注、闭上双眼，我的心一下子揪了起来，一个劲儿为她加油。枪声响起，首金射落！这一幕我至今难忘。”他对北京冬奥会更满怀期待，“大家都还记得2008年北京奥运会。在我心里，那是最好的一届奥运会，相信北京冬奥会也将是一场盛会。”



哈克大使希望通过体育这条纽带，将巴中两国人民的心越拉越近，让两国关系越来越有人情味儿。大使介绍，2021年为庆祝两国建交70周年举办的系列活动大多聚焦人文交流项目，“愿巴中友谊深深扎根于两国人民尤其是年青一代心中”。

（文/毛莉　吴正丹　原载于《人民日报海外版》2021年10月18日第8版）

# 彩绘卡车上的巴基斯坦风情

巴基斯坦，是位于南亚次大陆的国度。从文明遗迹到现代都市，从壮丽雄奇的雪山高峰到莫卧儿帝国的辉煌建筑，历史与现代、自然与人文的宝藏在这里交汇，共同铸就巴基斯坦绚烂多彩的风光。巴基斯坦还有一道特殊的流动风景线——彩绘卡车。

巴基斯坦人在卡车装饰上有非同寻常的热情：车门装上精美木刻画，车身绘满华丽图案，驾驶室内仪表也要配上装饰画。有车主在车身写下表达心情的诗句，有车主把巴基斯坦雄壮的山脉“搬”上卡车，还有车主雕刻自拍像……巴基斯坦不同地区彩绘卡车的风格各异，成为大街小巷里移动的艺术画廊。在巴基斯坦，有漂亮彩绘的卡车能接到更多运货业务，设计越华丽，生意就越好。因此，司机们不惜痛下血本，把自己的卡车“打扮得像个新娘”。

对巴基斯坦人而言，彩绘卡车艺术不仅是一种文化表达，更是历时已久的传统。巴基斯坦彩绘卡车艺术可追溯到 20 世纪 20 年代，当时从英国进口的贝德福德卡车驶上巴基斯坦街头，司机们在卡车底板上方配备了大

巴基斯坦吉尔吉特－巴尔蒂斯坦地区的纳尔塔山谷景色（巴基斯坦驻华大使馆供图）

型木制拱门，在驾驶舱安上了装饰拱门，这些装饰成为彩绘卡车雏形。20世纪40年代后期，当卡车开始长途运输货物时，每家公司都在车身上设计了不同标志，以便不识字的人辨识卡车所有者。后来随着车身设计愈加丰富，车内装饰愈加华丽，卡车彩绘逐渐演变成巴基斯坦独特的艺术形式。

如今，彩绘卡车跑出了巴基斯坦通往世界的一条文化之路。卡车彩绘艺术已成为巴基斯坦著名的文化出口项目，其衍生产品也在家居产业中占有一席之地。一些巴基斯坦画家凭借卡车彩绘在世界赢得声誉，他们的画作在世界各地艺术博物馆展出，卡车彩绘在世界范围内逐步发展成一门艺术流派。

打卡巴基斯坦，往往仅是观赏卡车彩绘这项“行走的艺术”，就足以让游客赞叹“不虚此行”。

（文/武慧敏　原载于《人民日报海外版》2021年10月18日第8版）

# 巴拿马

# Panama

# “粤菜在巴拿马家喻户晓”

## ——访巴拿马驻华大使甘林

巴拿马驻华大使甘林　谢明 / 摄

作为一位华裔后代，巴拿马驻华大使甘林已数不清自己来到中国多少次。在数十年对中国的深度观察中，他看到了中国经济社会发展的巨变。近日，甘林在接受人民日报海外网采访时表示："中国取得的一切成就只有在中国共产党领导下才能实现。"

## "华人节"是法定节日

作为第二代华裔，甘林早在1995年就到访中国，对中国有着难以割舍的情结，"很小的时候，我就知道我的祖籍在中国"。自2007年起，甘林定期回到自己的祖籍地——广东省中山市看望亲戚。甘林说，每一次探访都会让他对中国增添一份亲近感。

像甘林一样的华裔在巴拿马有不少。据统计，巴拿马400多万人口中，华人占5%，约有15万人；而具有华人血统者至少占人口总数的10%，其中九成以上祖籍广东，活跃在各行各业。庞大的华裔群体在巴拿马留下了诸多中华文化印记。甘林介绍，粤菜在巴拿马家喻户晓、人气颇高，"巴拿马的中餐馆和本地餐馆数量几乎一样多"；春节是巴拿马人最喜爱的中国节日，会举行传统的舞龙舞狮表演；此外，许多巴拿马人依然保留过端午节的习俗，会举行龙舟比赛，甚至在当地还发展出了职业龙舟队。

中巴两国人民的友好交往已经延续了160多年。160多年前，首批华人抵达巴拿马，同巴拿马人一同为了幸福生活而奋斗。甘林说，多年来，华侨华人为巴拿马的发展建设贡献很大，为此，巴拿马政府于 2004 年正式将每年的 3 月 30 日设立为“华人节”，“它是我们的法定节日”。2016 年，巴拿马政府还专门成立了国家中华民族委员会。甘林自豪地说：“我不知道别的国家有没有这样的委员会，但巴拿马有。”

## “想把中国新款手机带回国”

甘林一直对中国发展保持高度关注，他回忆，五六十年前，中国人期望能够拥有一辆自行车或是收音机，出行坐普通火车；今天，几乎家家户户都有了智能电视，大家都能用上智能手机，出行会选择高铁。“这些都是中国巨变的明证。”甘林感叹，想把中国制造的最新款手机带回巴拿马。他拿出自己的手机说：“大家都喜欢中国手机，我用的是华为手机。”

甘林表示，用几十年的时间飞速发展，成为世界第二大经济体，中国已全面消除绝对贫困、全面建成小康社会，综合国力实现历史性跨越，“整个过程令人敬佩”。

在甘林看来，中国取得的一切成就都是在中国共产党领导下实现的。100 年前，一群意志坚定的热血男儿，凭借巨大勇气成立了一个百年大党。“这样一颗小小的种子，如今在中国大地上竟发展出了 9500 多万名党员。”甘林表示，包括巴拿马在内的世界各国都高度关注中国共产党百年华诞。巴拿马执政党和中国共产党保持着亲密关系，两党之间互动频繁，在防疫期间也并未中断，这对巴拿马来说是一大幸事。

## 把巴拿马食品送上中国餐桌

近年来，巴拿马经济发展迅速，是众多投资者眼中的“黄金热土”。目前，包括华为、阿里巴巴、京东在内的多家中国企业正加速在巴布局。

“我们期待不断深化对华合作，巴拿马欢迎所有来巴投资的中国企业。”甘林表示，巴拿马基于自身地理优势，力求将自身打造为世界级物流中心，而中国的高新技术企业为促进全球互联互通发展做出了示范，中国的互联网企业则为巴拿马人民带来便捷的购物体验。

与此同时，甘林也希望能将更多巴拿马食品送上中国人的餐桌。“巧克力、水果、禽肉、海产品、朗姆酒……我们将竭尽全力帮助那些对巴拿马商品感兴趣的中国进口商。”甘林说，巴拿马高度赞赏中国政府为巴拿马商品清关提供的种种便利，巴中双方都期待进一步加强经贸合作，“期待能在进博会上向中国展示丰富多彩的巴拿马产品。”

中巴两国政府及人民强烈的经贸合作意愿，离不开两国迅速升温的外交关系。自 2017 年 6 月建交以来，中巴关系起步强劲，各领域合作如雨后春笋般破土而出、茁壮成长，给两国人民带来了实实在在的利益。巴拿马成为首个与中国签署“一带一路”合作谅解备忘录的拉美和加勒比国家，古老东方的丝绸之路与现代西方的跨洋运河实现无缝衔接，“一带一路”为中巴合作注入新的动力。

甘林表示，巴中关系正常化极大地促进了两国政府及人民之间的互信，也提高了两国加强合作的信心。4 年来，两国至少签署了 60 项合作协议，在贸易投资、电子商务、服务贸易、基础设施建设、经贸展会、海事运输、文教旅游等多领域合作加速推进，两国互利合作进入新阶段。甘林期待，未来，巴拿马经济恢复需要强大的推动力，“我们认为，中国将在这方面扮演极为重要的角色”。

（文 / 任天择　原载于《人民日报海外版》2021 年 7 月 19 日第 8 版）

· 采访手记 ·

## 这位大使来中国“寻根”

巴拿马因一条运河闻名于世，被誉为“世界的桥梁”的巴拿马运河见证了国际贸易的发展变化。怀着对世界航运要道和加勒比文化的想象，“我在中国当大使”栏目组走进巴拿马驻华大使馆。

在巴拿马咖啡的醇香中，巴拿马驻华大使甘林谈起了与中国的不解之缘。“我是华裔二代，我来中国的次数已经数不清了。”原来，大使与中国血脉相连。他的父亲年轻时远渡重洋，从广东中山的小村庄来到加勒比海岸的巴拿马，并在此扎根。

“我从小就知道自己的根在中国，但是没亲身前往，总觉得缺少一些具体认知。”大使借赴华工作的机会“回乡省亲”，在广东省政府的帮助下成功找到亲人及祖屋。谈起寻亲经历，大使表示，他在家乡找到了不少亲人，其中就有已是耄耋之年的姐姐，与姐姐的合照一直珍藏在大使手机里。大使说：“后来我又多次前往广东中山祭祖。自从找到了我的族人，我同中国的关系好像更亲密了。”

大使本人的“寻根”经历是中巴友好交往的一个缩影。事实上，中巴两国人文交流不止于此。谈起巴拿马的中国元素，大使如数家珍。无论是中药、茶叶，还是面条、炒饭，中国特产与美食在巴拿马可谓应有尽有。随着城市的发展，巴拿马首都巴拿马城不断开辟新的中国产品售卖中心。华人在店铺附近聚居，形成一定规模的华人社区。与其他国家相比，巴拿马华人在这里完美融入，被当地人亲切称为“乡亲”。大使称，复兴“中国城”是巴拿马城复兴计划的一部分，政府希望将“中国城”打造成一个中华文化景点，从而吸引更多游客。

采访过程中，大使兴致很高，不停地展示巴拿马当地特产与风光海报，还邀请大家有机会去巴拿马“走一走、看一看”。



（文/赵壹晨　原载于《人民日报海外版》2021 年 7 月 19 日第 8 版）

# 大洋交汇处的明珠

巴拿马位于中美洲地峡，将现代化的都市、历史悠久的古迹与原生态的丛林海洋融为一体，称得上是太平洋与大西洋交汇处的一颗明珠。

来到巴拿马，不看巴拿马运河是一大遗憾。举世闻名的巴拿马运河全长 80 余公里，北起加勒比海的科隆，南至巴拿马城，贯穿美洲大陆最窄之处，连接太平洋和大西洋，被誉为“世界的桥梁”“地球的心脏”。游客游览运河有很多选择，比如，运河南北两端的船闸——太平洋一侧的望花船闸和大西洋一侧的清水船闸都对外开放参观。望花船闸还建有一座运河博物馆，其中可以参观关于运河开挖、船闸运行、运河边生态环境等丰富的史料与实物展品。运河中段巨大的人工湖——加通湖可以提供游船服务，游客乘船不仅可以目睹万吨巨轮浩荡而过，还可以登陆湖中遍布的小岛，邂逅鳄鱼、猴子、树懒等野生动物。如果想纵览巴拿马运河的十二时辰，还可以入住运河畔的酒店。入夜时分，在河畔酒店眺望运河上船只灯火通明、倒影摇曳，与满天星辰遥相呼应，美不胜收。

作为巴拿马的首都，巴拿马城面向太平洋，背靠安康山谷，巴拿马运河从城市边缘缓缓流过，是一座临海靠山、风景如画的海口城市。被誉为“世界上最长公路”的泛美公路横穿这座城市，由此连接起南北美大陆，好似在巴拿马城上画了一个“十”字，巴拿马城也因此被称为“世界十字路口”。

整座巴拿马城可以分为古城、旧城和新城三部分，分别反映三个时代不同的特色。新城居于中部，古城与旧城分列东西两边。16 世纪时，巴拿马古城被海盗摩根船长攻占并洗劫，最后付之一炬。如今这里除了残垣断壁，还有一座古城博物馆。巴拿马旧城兴建于 1673 年，现在依旧维持着浓郁的西班牙风情，两三层高的红瓦顶小楼上，宽大的阳台装饰着雕花栏

巴拿马海岛风景（巴拿马驻华大使馆供图）

杆。石块铺就的街道通向海边，临海一圈厚重高大的石墙曾经是抵御海盗侵袭的屏障，现在石墙的顶部已被修整为散步道。

巴拿马新城以西班牙大道为主轴，宽阔的街道两旁摩天大楼鳞次栉比。特别是西班牙大道的银行区一带，来自美洲、欧洲、亚洲各国的众多银行在此落户。得益于开放的金融体系和在外汇、税收等方面的优惠政策，巴拿马发展成为重要的区域金融中心。

除首都外，巴拿马还有许多风光旖旎的自然景点。距离巴拿马城 50 多公里的珍珠群岛，因盛产珍珠而得名。群岛最热门的观光项目是从孔塔多拉岛乘快艇至海中寻踪海豚与鲸鱼。由于座头鲸会在这片海域诞育后代，人们可以近距离接触这群性情温驯的庞然大物。看座头鲸在水中翻滚，露出白色肚皮，用巨型尾鳍拍打水面，掀起浪花，让游人感叹自然万物的和谐之美。

奇里基海湾位于巴拿马的太平洋沿岸，从哥斯达黎加的边界一直向西延伸到了阿苏埃罗半岛东部。奇里基海湾有巴拿马最大的珊瑚礁和中美洲最广袤的红树林，巴拿马最大的岛屿柯义巴也在此。这个仍维持原始风貌的海湾，可谓冲浪和潜水的绝佳之地。

（文 / 吴正丹　原载于《人民日报海外版》2021 年 7 月 19 日第 8 版）

# 千姿百态的传统服饰



“莫拉”（Mola）是巴拿马原住民的一种传统手工纺织艺术形式。复杂的“镂空缝”技法将层层重叠的布料缝制在一起，醒目的彩色几何图案绘制出原住民聚居地常见的动植物形象或神话场景，成品服饰极富观赏价值与收藏价值。莫拉令人称赞的原因不仅是精细复杂的工艺，更在于刺绣图案的内在含义及其背后手工艺人无限的创造力。享誉国际的莫拉被巴拿马人视作超越语言的文化艺术品。

传统绣花长裙“波耶拉”（Pollera）是巴拿马人引以为傲的传统民间艺术品。这种服饰最初是西班牙人到达巴拿马时留下的产物，原始布料也来自欧洲。如今，巴拿马人已改良出不同以往的制作技巧，同时使用了创新性材料，甚至还会按客人的喜好进行单独设计。独一无二、纯手工缝制的波耶拉已经成为巴拿马民族服装的典型。

始于 2003 年的“千姿百态波耶拉”大游行，是游客了解波耶拉工艺的一个窗口。每逢游行，当地妇女身着白底红线刺绣的波耶拉热情歌舞，展现出蕴藏在波耶拉这种服饰艺术里最重要的东西——女性的生命力和创造力。当然，流传于巴拿马原住民中的波耶拉设计工艺也并非女子专利，有些男性甚至全家人都从事波耶拉手工艺制作，从衬衣、裙子、衬裙到扇子和披肩，乃至发簪和头饰，男女老少一家人刚好形成一条“波耶拉生产线”。

（巴拿马驻华大使馆供稿　原载于《人民日报海外版》2021 年 7 月 19 日第 8 版）

# 卢旺达

# Rwanda

# “中国是我在亚洲的第一站”

## ——访卢旺达驻华大使詹姆斯·基莫尼奥

卢旺达驻华大使詹姆斯·基莫尼奥（卢旺达驻华使馆供图）

作为一名资深外交官，卢旺达驻华大使詹姆斯·基莫尼奥曾担任卢旺达驻南非、美国和肯尼亚等国大使。2019年底赴华任职是他首次常驻亚洲国家。基莫尼奥日前接受人民日报海外网专访时表示："中国是我在亚洲的第一站，我非常兴奋能来中国工作。"

对基莫尼奥来说，来中国当大使是一种特殊而珍贵的体验。令人惊叹的基础设施建设、热情友好的人民、日新月异的科技进步……他终于实地感知来华前常听到的"中国的巨大发展"，而对中国的了解越深，基莫尼奥对推动两国关系向前发展的愿望就越强烈。

## 卢旺达阅兵喊出中文口号

"向右看！一、二！"在卢旺达解放25周年庆典阅兵式上，卢旺达官兵高喊中文口号、脚踢中式正步的一幕，让很多网友对非洲大陆上的这个国家产生了浓厚兴趣。

对基莫尼奥的采访，就从这场特殊的阅兵开始。他说，卢旺达和很多国家的军队都有合作，中国的阅兵式非常有组织性，中国人民解放军是卢旺达军队的重要合作方。邀请中国教官帮助培训卢旺达官兵，在卢旺达阅兵式中出现中国元素，是两军友好交流合作的体现。

自1971年两国建交以来，卢旺达和中国的友好合作在多个领域结出硕果。基莫尼奥回忆说，他当年担任卢旺达一省省长时，曾有一支中国医疗队来到他的辖区，“他们帮助当地修建了一所医院，为我们提供了大量医疗援助，这是我对中国的第一印象”。

从那时起，中国作为卢旺达“好伙伴”的印象就深深刻在基莫尼奥心中。中国援建的阿马霍罗国家体育场，成为卢旺达民众休闲娱乐的重要场所；中国援建的穆桑泽职业技术学校，为卢旺达培养了许多技术人才；中资企业工程质量过硬、施工效率高，卢旺达的绝大多数公路由中国公司修建……基莫尼奥说：“中国从不干涉别国内政，中国只会根据你的需要来帮助你。”

## 卢旺达人也要“撸起袖子加油干”

在卢旺达，不仅随处可见中国路、中国工厂，还能感受到中国理念的影响。卢旺达有这样一家由中国人创办的服装厂：宽阔的厂房里，上千名当地员工在裁剪、缝纫、检验、包装等流水线上忙碌，墙上用中文、英文、卢旺达文写的“撸起袖子加油干”“唯有勤奋努力工作才能改变我们的生活”海报格外醒目。

谈起“撸起袖子加油干”，基莫尼奥感触颇多。他说，中国人民正是凭着“撸起袖子加油干”的劲头，成就了今天这样伟大的成就。如今卢旺达各个领域都需要发展，卢旺达人要像中国人一样“撸起袖子加油干”。

在追求国家发展振兴的道路上，中国是卢旺达的同行者。基莫尼奥到中国就任时间虽不长，但他对中国在民族复兴道路上所经历的苦难与辉煌有强烈共情。基莫尼奥表示，卢中两国在历史上都曾遭受深重灾难，因此两国人民都十分珍惜当前国家稳定、民族团结、经济发展的局面，都坚持探索符合本国国情的发展道路。

“我相信，一个国家的发展道路应该由这个国家的历史文化决定，由这个国家的人民决定，而不能来自他国强加。”基莫尼奥表示，“正是因为卢中两国有这样的相通之处，我们的合作才如此融洽。”

## 大使参加直播卖了 1 吨咖啡

在“卢中两国合作空前发展”之际到中国当大使，基莫尼奥把“进一步挖掘两国合作巨大潜力”当作使命和责任。

在基莫尼奥看来，共建“一带一路”是深化两国合作的重要方向。他认为，“一带一路”倡议真正连接了世界各国人民，改善了基础设施建设，促进了全球贸易发展，让所有参与方共赢。在共建“一带一路”倡议框架下，卢旺达确确实实发生了积极变化。



基莫尼奥表示，当前卢旺达正进行广泛而深刻的改革，消除了商业发展的很多障碍，在世界银行发布的《2020 营商环境报告》中，卢旺达排名位居非洲国家前列。2018 年，中国国家主席习近平对卢旺达的国事访问，带动了更多中国企业对卢旺达的关注，越来越多中国企业到卢旺达寻找投资机会。基莫尼奥说：“到卢旺达投资，意味着进入了拥有 1.4 亿人口的东非市场。随着非洲大陆自贸区的成立，卢旺达市场将更加开放。”

基莫尼奥非常看好卢中两国在电子商务领域的合作。他高兴地说，卢旺达是第一个加入阿里巴巴世界电子贸易平台的非洲国家。中国消费者只要通过电商平台轻松下单，万里之遥的卢旺达咖啡就会漂洋过海，被送到中国消费者手中。不久前，基莫尼奥还亲自走进电商直播间，感受了“不到 10 分钟卖出 1 吨咖啡”的惊喜。

基莫尼奥希望通过电商平台使更多卢旺达产品进入中国市场。参加中国国际进口博览会的经历，让他看到了中国主动扩大进口的诚意和中国消费者的巨大购买力。“中国市场非常开放，卢旺达咖啡、茶、蜂蜜、手工艺品已经走进中国人的生活，希望未来能进一步增加对华出口。”基莫尼奥说。

（文/毛莉　张六陆　原载于《人民日报海外版》2020年2月24日第8版）

# 詹姆斯·基莫尼奥：卢中关系正处于历史最高水平



2020 年是卢旺达"2020 年愿景"（卢旺达政府曾制定《关于卢旺达经济发展和消除贫困的 2020 愿景规划》）的收官之年。在"2020 年愿景"的引领下，卢旺达实现了经济快速发展，国内生产总值从 2000 年的 17.3 亿美元跃升至 2019 年的 102.1 亿美元。世界银行发布的《2020 营商环境报告》显示，卢旺达营商环境在全球 190 个经济体中排名第 38 位，是前 50 名中的唯一低收入国家。这份报告还指出，卢旺达的营商环境在东非排名第一，在整个非洲大陆位列第二。

在"2020 年愿景"之后，卢旺达又规划了"2050 年愿景"。"2050 年愿景"的总体目标是，到 2035 年把卢旺达建设成为中等偏上收入国家，到 2050 年把卢旺达建设成为高收入国家。卢旺达的发展目标还包括：到 2030 年消除贫困；到 2035 年人均国内生产总值达到 4036 美元；到 2050 年人均国内生产总值达到 12476 美元。要完成这些目标，需要卢旺达经济在未来 30 年持续保持年均 10% 的稳定增速。

在追求国家发展目标的进程中，卢旺达十分珍视发展同中国的伙伴关系。近年来，在“一带一路”倡议和中非合作论坛框架下，中国为卢旺达带来了 90 余个价值近 5 亿美元的投资项目，创造了 1 万多个就业机会。

目前，有 900 多家中国企业在卢旺达开展制造、加工、房地产、矿业及旅游业等业务。在贸易领域，卢中双边贸易持续增加。卢旺达向中国出口的商品主要是矿产和农产品，卢旺达从中国进口的产品覆盖电子产品、机械、服装、建筑材料、加工食品等各个领域。

希望两国在所有领域加强合作，这是两国领导人的共同愿景。当前，卢中关系正处于历史最高水平。良好的两国关系，为中国企业赴卢投资兴业、拓展地区市场开辟了广阔空间；卢旺达出口商也有机会进入世界最大市场，出口到中国的商品正变得越来越多。此外，在卫生、能源、教育等诸多领域，两国合作前景可期。

（文 / 卢旺达驻华大使詹姆斯·基莫尼奥　原载于《人民日报海外版》2020 年 2 月 24 日第 8 版）

·采访手记·

## 看大使现场秀“绝活”

提到卢旺达，很多人首先想到的是电影《卢旺达饭店》。经过多年发展，如今卢旺达的面貌已焕然一新，秀丽风景和丰饶物产吸引着世界的目光。当“我在中国当大使”栏目组走进卢旺达驻华大使馆，活灵活现的山地大猩猩雕塑、色彩鲜明的绘画、各式草编工艺品阿嘎赛克（Agaseke）一下子拉近了我们和卢旺达这片充满生机的土地的距离。

广袤的非洲有50多个国家和地区，每一个都有自身独特的风俗和文化。作为非洲具有重要影响力的国家，卢旺达除了有悠久的“乌姆干达”（自助与合作）文化，别具特色的传统草编工艺品阿嘎赛克同样让人印象深刻，这也成为卢旺达驻华大使馆最亮眼的装饰元素。圆柱状的古朴雅致、大盘状的端庄沉稳、带有锥形盖子的灵动活泼……走进大使馆，从会客厅到大使办公室，大大小小的阿嘎赛克身影随处可见。

看我们表现出对阿嘎赛克的浓厚兴趣，詹姆斯·基莫尼奥大使立刻拿起这些精致的手工艺品向我们展示介绍。他告诉我们，草编篮子阿嘎赛克既是手工艺品，也是日常用品，卢旺达人常用它存储粮食和日用杂物等。

说到兴起，大使就将阿嘎赛克放到头顶，十分平稳地来回走动，现场秀了一把非洲人头顶重物的“绝活”。

大使还变身“推销员”，滔滔不绝地介绍卢旺达文化和特色，向我们展示这个“千丘之国”的独特魅力：从卢旺达“国宝”山地大猩猩，到美味的咖啡，再到四季如春的宜人风光……

采访过程中，我们将卢旺达驻华大使馆的“宝贝”一一收录，抓拍的大使讲解画面也成为我们呈现卢旺达文化的鲜活素材。时长20秒的《卢旺达驻华大使当众秀“绝活”》Vlog一经发布，便吸引大批网友“围观”并留言：“卢旺达原来这么多宝贝啊”“卢旺达，未来的非洲之星”……

（文/孟庆川　原载于《人民日报海外版》2020年2月24日第8版）

# 到卢旺达国家公园追“猩”



卢旺达被誉为非洲最干净、最安全的国家之一，并以多姿绚丽的自然风光和令人印象深刻的人文艺术著称，吸引着来自全世界的游客。

卢旺达 8.9% 的土地被划定为国家公园，并和多个国际伙伴达成合作保护濒危物种。单在东部的阿卡盖拉国家公园一地，就可以饱览非洲“五霸”——狮、象、豹、犀牛和水牛。乘着游船经过森林中的湖泊，还能偶遇神秘的蓝猴、丛猴和泽羚，与 99 种从未在卢旺达之外被发现的珍异鸟类来一场“林中邂逅”。

卢旺达北部的火山国家公园极具代表性。地势绵延起伏的维龙加山脉，栖息着世界自然基金会指定的极度濒危物种：山地大猩猩。对于世界各地的动物爱好者和研究专家来说，这里可以称得上是必访之地。卢旺达的向导通常会将访问者分为 8 人一组，徒步进入维龙加雨林追踪山地大猩猩，并且事先约法三章：距离要保持 7 米以上、严禁使用闪光灯、观赏时间不超过 1 小时……在卢旺达政府与向导的严格管理与保护之下，如今山地大猩猩的数量不断增加。

卢旺达纽恩威国家公园（卢旺达驻华使馆供图）

在这个国度，隔着车窗走马观花恐怕不是最好的选择。在当地的游客指南中，时常出现的3种游玩方式是：徒步、皮划艇和山地自行车。东非大裂谷沿线上的基伍湖位于火山国家公园的西南方向，是卢旺达最大的湖泊、非洲第六大湖。游客可以沿湖林间散步、山地骑行，或是乘着专业的皮划艇荡漾于基伍湖之上。如果感到疲惫了，就在鲁巴武镇的湖畔沙滩小憩，点一杯鸡尾酒或是本地产的咖啡，在躺椅里闭上眼睛感受湖面吹来的习习凉风，享受和自然融为一体的静谧安宁。

绚丽的自然风光也孕育了多彩的文化。在卢旺达，舞蹈是社会文化中的重要支柱之一。卢旺达人用舞蹈表达情绪，也用舞蹈纪念每一个特别的日子：丰收、胜利、新生、结婚等。在卢旺达传统中，跳舞是一件大事，不同的舞姿反映一个人的身份与教养，群聚舞蹈活动则反映社会的团结与和谐。卢旺达各个地区的舞蹈形式不同，最著名的要数历史悠久的英托利（Intore）舞。

英托利舞最早是接受过军事训练的人为皇室宫廷演出的“特供”舞蹈。这种舞蹈以优美的舞姿和激动人心的鼓乐伴奏为特征，如今在婚礼和节日庆典上非常流行。男性舞者穿长裙或短裙，戴着用草制成的假发，持带有手绘花纹的盾牌和长矛，用特殊的技巧跳跃腾挪，舞姿彰显着力量；女性舞者则身着礼服，肩上挂一条飘带，以温柔优雅的舞姿展现魅力。刚与柔，动与静，两种舞姿有机融合在一起，再加上跌宕起伏的鼓乐声……卢旺达人的英托利舞继续跳着，卢旺达的文化精粹由此生动地传承下去。



（文 / 任天择　原载于《人民日报海外版》2020 年 2 月 24 日第 8 版）

# 新加坡

## Singapore

# “中国的发展速度惊人！”

## ——访新加坡驻华大使吕德耀

新加坡驻华大使吕德耀　谢明 / 摄

“我来过中国很多次！”吕德耀近日接受人民日报海外网采访时说。就任新加坡驻华大使一年多来，吕德耀对中国的了解日益深入。他说，中国电子支付的普及、网络购物的便捷令人惊讶，大江南北不同城市的历史底蕴、旖旎风光令人着迷。吕德耀认为，快速发展的中国对东亚和世界都极为重要，新加坡的年轻人应当更好地了解中国。

## 惊叹于中国日新月异的变化

谈到对中国最深刻的印象，“发展速度”成为吕德耀口中的关键词。1997 年首次访问中国时，吕德耀对上海的印象仅有东方明珠。后来重访上海陆家嘴，他看到了当地巨变和不断加快的发展步伐。苏州、天津、重庆、广州、深圳……每次故地重游，当地日新月异的变化都让他惊叹。“当你对比后就会发现，中国的发展速度惊人！”

2021 年 5 月第五届世界智能大会期间，吕德耀首次以驻华大使的身份访问天津。大到城市道路交通，小到居民垃圾分类，天津市加快推进智慧城市建设的效率让他印象深刻，“基建和科技的发展大大改善了人们的生活质量，提供了诸多便利”。

在吕德耀看来，中国取得飞速发展的原因之一在于中国共产党的领导。2021 年 6 月，吕德耀应邀参观了“‘不忘初心、牢记使命’中国共产党历史展览”。他看到中国共产党带领中国人民从贫困落后发展成世界第二大经济体。“最重要的是，中国消除了绝对贫困，全面建成了小康社会，这些都是前所未有的成就。这也是为什么中国人在回顾历史时会倍感自豪。”吕德耀说。

在吕德耀看来，更加深入地了解中国，才能更好地与中国开展双边合作。出任驻华大使后，吕德耀每到一处，都与新加坡有千丝万缕的联系——苏州工业园区、天津生态城、重庆战略性互联互通示范项目、广州知识城，这些都是中新两国标志性合作项目，自开工建设以来，均取得良好的经济社会效益，带动了合作模式与理念的创新。

## 防疫期间中新合作不止步

新冠肺炎疫情没有阻止中新两国合作的步伐。吕德耀特别强调，近两年来，两国开拓了多个新的合作领域，进一步增进了双边关系。防疫期间，中新（重庆）战略性互联互通示范项目旗下的“国际陆海贸易新通道”成为医疗物资流通的重要保障，为抗击疫情提供了有力支持。2020 年 6 月，深圳与新加坡签署了 8 份谅解备忘录，涉及电子贸易、数字身份互认、科技人才交流培养、跨境仲裁等领域，共同打造全球智慧城市合作新样本。

身居中国看中国，吕德耀不断发现新的投资机遇：中国中等收入群体规模不断扩大，生活方式的多样化选择促进新消费；老龄化人口比重增加，养老护理服务市场潜力巨大；可持续发展理念深入人心，绿色转型发展催生新需求……

同时，吕德耀也对中国企业赴新投资表示欢迎。他说，在新加坡，华为、字节跳动等企业很有名；中企多次承建新加坡地铁站及隧道开凿项目；中日联营公司承建的跨岛线地铁预计于 2030 年通车，届时将成为新加坡最长的全地下地铁线。吕德耀表示，新加坡地理位置优越，投资环境优良，政治环境稳定，是中企理想的合作伙伴。

吕德耀期待双边合作迸发出新活力：“一方面，中国未来机遇无穷，希望新加坡企业能把握机会；另一方面，新加坡愿意帮助中企在新开展更多业务。”

## 鼓励更多新加坡年轻人来华



国之交在民相亲。在深化经贸合作、扩大双向投资的同时，吕德耀希望可以推动两国人文交流，尤其是帮助新加坡的年青一代更好地了解中国。

近年来，随着中国经济崛起、科技进步和文化发展，从新加坡来中国参与文化交流的青年人数有增加趋势，交流内容和形式也更丰富多元。

2021 年 6 月，中新两国共同签署《中华人民共和国人力资源和社会保障部与新加坡共和国教育部关于实施青年实习交流计划的谅解备忘录》，旨在推动两国青年互访实习，进一步促进人文交流。“新加坡青年将在中国顶尖大学学习 6 个月，然后到中国企业实习 6 个月，这将是非常宝贵的经验。”吕德耀表示，他会积极鼓励正在寻找发展机遇、希望了解中国的新加坡年轻人参加该项目，亲眼观察中国社会，亲身体验在华生活。

吕德耀也在积极寻求与中国年轻人建立联系，“年轻人的意见很重要，我们希望更多了解中国的未来一代”。为此，他专门在中国社交平台开设了个人账号，一方面，分享自己的所见所闻、所思所感；另一方面，聆听中国网友们的意见与建议。“期待疫情结束后，两国之间的往来会尽快恢复。”吕德耀说。

（文 / 任天择　原载于《人民日报海外版》2021 年 8 月 9 日第 8 版）

·采访手记·

# 这幅刺绣作品不一般

新加坡素有“花园城市”的美誉，来到新加坡驻华大使馆，也仿佛走进了一座大花园。远远望去，灰墙红瓦的建筑掩映于翠绿的树影中。走进院子，只见一方池塘中几株荷叶亭亭玉立，不时有蜻蜓低飞盘旋，掠过的水面泛起一圈圈涟漪。

“我在中国当大使”栏目组的采访正值8月9日新加坡国庆日前夕，使馆外墙悬挂五颜六色的庆贺条幅，节日气氛十足。走进使馆正厅，一幅书法作品赫然映入眼帘——“同尊孔孟道，共铸仲昆情”，折射出中新两国文化互通。通往会客厅的走廊两侧墙壁上，挂着多幅水墨画，或绘以虾蟹鱼虫，或描摹山水风景，展现出使馆浓厚的中国文化氛围。

会客厅中央墙壁上，悬挂着邓小平与李光耀的巨幅彩色画像。令人惊叹的是，这不是普通的摄影作品，而是一幅手工刺绣。刺绣针脚细密平整，色彩明暗融合，搭配相得益彰，甚至人物的头发丝、西装上的纹理都清晰可见。

新加坡驻华大使吕德耀介绍，这幅作品的创意来源于1978年11月邓小平应邀访问新加坡，在机场与李光耀亲切握手时的场景。“两位领导人身后的背景也大有深意，除了两国地标性建筑之外，其中还有如今已经建成的苏州工业园区夜景，这是两国政府间的重要合作项目。”那次出访中，邓小平参观了新加坡的裕廊工业园区。1994 年 2 月 26 日，中新两国政府正式签订合作协议。作为中国和新加坡政府合作项目，以新加坡裕廊工业园区为蓝本的苏州工业园区诞生在江南水乡。园区位于苏州东部，自建设伊始就承担改革开放“窗口”和“试验田”的功能。“当年两位领导人对未来合作的畅想，已经变为现实。”吕德耀说。

自 1976 年首次访华以来，李光耀在 39 年间共访华 33 次，被称为“中国人民的老朋友”。现在，李显龙总理等新加坡政要也多次到访中国。吕德耀认为，“认识中国一定要亲身前往、亲自体验”。他希望，疫情结束后，更多中国朋友也能去新加坡感受新加坡兼容并包的多元文化。

（文 / 赵壹晨　原载于《人民日报海外版》2021 年 8 月 9 日第 8 版）

# 玩转“花园城市”新加坡

在马来半岛南端、马六甲海峡出入口，新加坡坐落于此。优越的地理位置使这个国家成为世界重要的转口港，是世界贸易和航运中心、世界第二大港口和远东地区金融中心之一，也是世界第三大炼油中心。

游客落地樟宜机场，琳琅满目的商品与妙趣横生的公园足以让人沉浸其中。拥有 240 多间商店、120 多间餐饮店的机场本身就是新加坡零售额最大的商场。除了可以购买免税商品、享用东南亚美食，也可以在各个航站楼的热带特色主题公园免费畅游：蝴蝶园里，蝶影翩翩；锦鲤池中，不同品种的鲤鱼悠游嬉戏；兰花园展示着新加坡国花“胡姬花”和樟宜机场特有的石斛花；露天的仙人掌花园汇集了来自非洲和美洲的仙人掌，恐龙时代幸存下来的巨型塔斯马尼亚树蕨是这里的“明星植物”。新加坡向来被誉为“花园城市”，樟宜机场的设计也延续了花园的概念。独特的设计与贴心周到的服务，让樟宜机场被评选为世界最佳机场。

从“花园机场”前往新加坡市区，市中心的滨海湾是领略新加坡城市风光的不二选择。错落有致的地标建筑在滨海湾勾勒出迷人的天际线。尤其是金沙酒店空中花园，这一“工程奇迹”满足了游客“飞天冲浪”、俯瞰繁华都市的想象——面积达 1.2 公顷的“空中花园”足以停放 4 架 A380 大型喷气式客机及 1 架小型客机；这里还有全球最大的高空户外泳池，在长达 150 米的泳池内畅游，周围的摩天大楼仿佛近在眼前、伸手可触。

新加坡著名地标“鱼尾狮”塑像也位于滨海湾地区。塑像高 8 米，狮口喷泉气势十足，夜幕降临时狮眼还会射出激光光束，更显神采奕奕。据马来西亚史籍记载，1150 年左右，苏门答腊的室利佛逝王国王子盘那乘船到达此岛，看见一头黑兽，当地人告知其为狮子，而“新加坡”则是梵语“狮城”的谐音。在其后的神话传说中，出没于新加坡的“神兽”逐渐脱胎成“狮首鱼身”的形象。1972 年，矗立着“鱼尾狮”塑像的鱼尾狮公园开园，新加坡前总理李光耀在致辞中表示，希望“鱼尾狮”能成为新加坡的象征，就如埃菲尔铁塔是法国的象征一样。1986 年，“鱼尾狮”正式成为新加坡的国家徽标。

离开市区，圣淘沙岛是休闲度假的必备行程。圣淘沙岛位于新加坡本岛以南，集自然美景与各式娱乐设施于一身，不仅是新加坡最大的旅游胜地，也是亚洲乃至世界性的度假天堂。

（文 / 吴正丹　原载于《人民日报海外版》2021 年 8 月 9 日第 8 版）

# 牛车水里寻乡愁

作为世界上除中国之外唯一华人占多数的国家，新加坡华人占比超七成。熟悉的面孔，亲切的中文，中国人走在新加坡街头并不会感到陌生。

新加坡牛车水的史密斯街充满烟火气（新加坡旅游局供图）

从 19 世纪起，华人就开始浩浩荡荡下南洋，“龙狮之缘”也由此展开。

在新加坡寻觅“龙狮之缘”，作为海外中华文化坐标的唐人街可谓首选。与其他国家不同，新加坡唐人街有个特别的名字：牛车水。这源于早期华人移民多以牛车运水，从一个侧面展现出中国人吃苦耐劳的性格。往昔的牛车水，是下南洋、谋生计的华人开辟的聚居地。如今的牛车水，鳞次栉比的同乡会馆，老字号的中药铺，热闹的食肆……满街中文招牌、大红灯笼，最能展现华人社区的烟火气。

“潮州粿条福建面，广府叉烧海南鸡，北方水饺湖南辣……”当地歌谣中对中华美食如数家珍，令人深切地体会到味蕾中的乡愁牢牢牵绊着牛车水乃至新加坡华人的心。有新加坡诗人写道：“我的老家曾经在那里，我的味蕾还停留在那里，我在那里习得方言口语的咿咿呀呀，我的童真依旧懵懵懂懂根植在那里。”

与各国唐人街相比，新加坡的牛车水更显多元文化的包容之美。在这个华人街区，印度的马里安曼兴都庙、詹美回教堂与恢宏的佛牙寺龙华院一道矗立；摩肩接踵的人群中，身着印度“纱丽”和马来“可巴雅”的身影来来往往。华裔、马来裔、印度裔，乃至阿拉伯人、斯里兰卡人、尼泊尔人、巴基斯坦人……不同族裔在此和谐相处。这不仅源于新加坡深入人心的平等理念，也得益于牛车水华人开放包容的心态。

新加坡还有许多“龙狮之缘”的印记，比如孙中山南洋纪念馆（晚晴园）。晚晴园原名明珍庐，1905 年由富商张永福买下，原本为其母亲颐养天年之用，因此借唐代诗人李商隐诗句“天意怜幽草，人间重晚晴”中“晚晴”二字，改名为“晚晴园”。随后，孙中山在此建立了同盟会南洋支部。1994 年，晚晴园被正式列为新加坡国家历史古迹，并于 1996 年正式更名为“孙中山南洋纪念馆”。在这里，人们可以追忆百年前孙中山在新加坡的革命事迹，缅怀那一段风起云涌的峥嵘岁月。

（文 / 吴正丹　原载于《人民日报海外版》2021 年 8 月 9 日第 8 版）

# 所罗门群岛

# Solomon Islands

我/在/中/国/当/大/使

# “与中国建交，我们就像坐上高速列车”

## ——访所罗门群岛驻华大使约翰·莫法特·傅桂

所罗门群岛驻华大使约翰·莫法特·傅桂　陆宁远／摄

对于所罗门群岛首任驻华大使约翰·莫法特·傅桂而言，《习近平谈治国理政》为他认识中国打开了“思想之窗”。

“我已读了《习近平谈治国理政》前三卷，正在读第四卷。”傅桂日前接受采访时主动分享读书心得。他从中读懂了新时代中国取得非凡成就的原因，“有这样的思想为指引，取得任何成就都理所应当”。随着深入了解中国，傅桂坚定地表示：“与中国建交是我国外交史上的伟大决定。”

## “中国尊重我们”

2019 年 9 月 21 日，中国和所罗门群岛正式建立外交关系。两国建交是大势所趋，傅桂对此深有体会。

中所正式建交前，傅桂曾率团来华，到访北京、广州等地。“在中国的所见所闻让我们印象深刻。”傅桂说，“首先，中国尊重我们。所罗门群岛曾是殖民地，殖民体系下国与国的地位是不平等的。当我们第一次来中国时，我们得到的是尊重，被中方视为重要的朋友和贵客。”不仅如此，中国的繁荣景象也让傅桂一行惊叹。短短几十年，中国走完了发达国家几百年走过的发展历程。对耳闻已久的中国奇迹，傅桂感叹：“亲眼所见，令人震撼。”

那次对中国的接触之旅结束时，傅桂一行心中有了底。“我们这个访华团成员的背景各不相同，大家对很多问题的看法有分歧，但都认为应该与中国建交。”傅桂说，“与中国建交，是我国正确的历史决策。”

谈起出任所罗门群岛首任驻华大使的心情，傅桂连称“倍感振奋”。他说：“所罗门群岛是太平洋上的小岛屿国家，与中国建交让我们走向更大世界。我们的首要工作是在北京开设使馆，如今我们能在中国这个大平台上代表所罗门群岛发声，促进交流，分享中国的巨大影响力。”

## “中国是伟大的朋友”

2023 年，所罗门群岛将举办太平洋运动会。这是所罗门群岛首次承办大型国际体育赛事，该国运动健儿将第一次有机会在本国土地上与多国运动员同场竞技。中国援建的太平洋运动会体育场馆项目，为所罗门群岛人民圆梦插上了翅膀。2021 年 5 月项目开工以来，中国建设者和所方一道，克服疫情等种种不利因素影响，不断推动项目进度。今年 4 月，体育场馆项目练习跑道和足球场正式完工并交付；6 月，所国立大学宿舍楼项目开工，建成后首先将用作太平洋运动会运动员村；目前，体育场主体结构已接近完成……傅桂认为：“中国如此力度的帮助在所罗门群岛历史上前所未有。”

中国为所罗门群岛的经济社会发展提供了极大助力：中方给予所 98% 税目输华产品零关税待遇，扩大所优势产品对华出口；首批中国援所医疗队今年 3 月抵所以来，以精湛医术和医者仁心赢得所各界赞誉；中国帮助修建水、卫生、住房、椰子加工厂等小型民生项目，惠及广大部族和村落；中所签署双边安全合作框架协议，将有利于所方维护社会稳定……傅桂说：“与中国建交，我们就像坐上高速列车，感觉飞了起来。我国人民几乎每天都在谈论中国带来的巨变。中国不只是好朋友，更是伟大的朋友。”

对个别西方媒体抹黑诋毁中所合作的行径，傅桂认为，一些西方国家固守西方中心主义，企图通过打压、妖魔化别国来满足私利。这种思维模式十分片面，在各国相互依存的当今世界行不通。对中国的世界观、合作观、发展观，傅桂非常赞赏。“如果读过中国的对外交往史就会发现，中国以发展为中心。例如，中国提出‘一带一路’倡议，就是为了更好促进发展，很多太平洋岛国都参与其中。”傅桂说，“在海洋生活的文化和传统告诉我们，只有不断努力向前划桨，船才不会被大海吞没。太平洋岛国同中国要继续做对的事，合作的船桨不能停。”

## “希望我的孩子在中国多读多学”

傅桂在中国的生活很忙碌，会议一场接一场、调研一个接一个。商讨开通所罗门群岛首都霍尼亚拉至中国城市的直航，促进所金枪鱼、木料等产品对华出口，扩大旅游业合作，挖掘太阳能项目合作空间，寻找和中国各类企业合作机遇……在傅桂的计划清单上，目标任务很多。

而在傅桂千头万绪的工作中，“探索中国、读懂中国”始终处于重要位置。“我去过福建平潭、湖南长沙、广东广州，每个城市我都很喜欢，未来还想去香港看看。”傅桂希望，他对中国的了解能更细致、更深入。这不仅是傅桂的自我要求，也是他对 4 个孩子的期许。他说：“当有一天我们回国时，我不希望人们说，你们去过中国，但身上没有中国的影子。我希望我的孩子在中国不仅是吃北京烤鸭，更要多读多学。”

在努力读懂中国的过程中，傅桂格外关注中国发展经验。他表示，与中国建交 3 年来，中国的制度优越性和高效执行力，给所人民留下了极其深刻的印象。“过去几十年，我们主要同西方国家打交道，但我们的发展并没有因此取得多大成效。与中国建交给我们带来了巨大变化，包括行事风格。我们要学习中国智慧、借鉴中国经验，我们现在做规划，都期望向中国学习。”他说。

傅桂特别谈到中国式民主给他的启发，“一个国家要发展民主，不能照搬照抄”。他认为，民主是多样的，不同国家有不同民主形式，中国走出了符合国情的民主发展之路。“中国的民主最大限度避免了牵扯，防止了相互掣肘、内耗严重的现象，能够形成团结的合力，产生有利于各方的成果。”傅桂说。

（文 / 毛莉　何洌　原载于《人民日报海外版》2022 年 9 月 5 日第 8 版）

## 约翰·莫法特·傅桂：中国经验提供了学习资源



所中建交 3 年来，中国已成为所罗门群岛最大的基础设施合作伙伴和可信赖的发展伙伴。

今年 7 月，在福建省福州市正式启用的中国—太平洋岛国减贫与发展合作中心（以下简称“合作中心”），就是中国助力太平洋岛国发展振兴的一项重要举措。当前太平洋岛国面临气候变化、贫困增加、失业率上升等挑战。不仅如此，疫情对社会和经济带来的种种影响还加剧了挑战，形势变得更加艰难。世界看到，中国在几十年间让 7.7 亿农村贫困人口摆脱了贫困，如今已完成了消除绝对贫困的艰巨任务，这是史无前例的成就。

福建宁德等地的发展，正是中国打赢脱贫攻坚战的一个成功故事。太平洋岛国也同福建一样，草木葱茏，物种丰富，守望蔚蓝大海，不仅地理条件相似，而且人文相亲，发展优势互补。期待通过合作中心，中国同太平洋岛国在分享减贫经验和信息方面取得更多务实成果。我衷心希望学习借鉴中国减贫理念和经验，以促进太平洋岛国经济发展，增进人民福祉。中国的成功经验为我们提供了取之不尽的学习资源。

太平洋岛国很多领域的发展都离不开同中国的合作。7 月举行的第 51 届太平洋岛国论坛领导人会议审议通过了“蓝色太平洋大陆 2050 发展战略”，这是推动地区可持续发展的长期愿景。在太平洋岛国面临的各种挑战中，气候变化最严峻。与中国的合作能帮助太平洋岛国应对现实挑战、实现发展目标。今年 4 月，中国—太平洋岛国应对气候变化合作中心已在山东省聊城市正式启用。

我相信，太平洋岛国和中国的全面战略伙伴关系必将行稳致远，结出更多硕果。

（文 / 所罗门群岛驻华大使约翰·莫法特·傅桂　原载于《人民日报海外版》2022 年 9 月 5 日 第 8 版）

·采访手记·

# 大使要把金枪鱼送上中国餐桌

所罗门群岛全境有大小岛屿900多个，陆地面积为2.84万平方公里，海洋专属经济区面积则有100多万平方公里，是一个被大海拥抱的国度。

“我在中国当大使”栏目组走进所罗门群岛驻华大使馆时，发现海洋元素随处可见。一进门，就见访客登记台立着一根木雕，雕饰着鱼、海豚、海龟、章鱼、龙虾等各种海洋生物。会客室门口展示架上的手工艺品，也满是大海气息。木碗是一只栩栩如生的“海龟”；木船像是两头高高翘起的牛角，船身饰有银色花纹。墙上高悬的所罗门群岛国徽也藏着海洋元素：左侧一只鳄鱼、右侧一只鲨鱼，中间还有两只海龟。

所罗门群岛驻华大使约翰·莫法特·傅桂身着深蓝色西装，内搭的衬衫是蓝白相间纹样，好似浪花拍岸。与栏目组聊起所罗门群岛的海产品，傅桂大使滔滔不绝。所罗门群岛渔业资源丰富，海产品是该国的重要出口产品。每年，所罗门群岛捕获金枪鱼约8万吨。“所罗门群岛的生态环境特别适宜金枪鱼生长。”大使自豪地说。

在大使端起的一只木盘里，装着好几种不同风味的金枪鱼罐头。大使拿起其中一个黄色罐头，笑着说：“所罗门群岛金枪鱼特别好吃，好吃到你都不想和伴侣分享。”此话一出，让人不由垂涎。所罗门群岛金枪鱼到底特别在哪儿？有什么特别吃法？大使娓娓道来：品味所罗门群岛金枪鱼，未尝其滋味，先闻其气味，入口前，鲜香就扑鼻而来。大使希望能早日将所罗门群岛的金枪鱼罐头送上中国消费者的餐桌。

所罗门群岛的特产不仅有金枪鱼，陪同大使采访的工作人员特蕾莎也为家乡特产带起了货。“这是椰子油、椰子皂。”特蕾莎说，椰子油晶莹透亮，椰子皂乳白细腻，都是纯天然制品。细细一闻，椰子清香十分宜人。

使馆门口一幅画作描绘了所罗门群岛在太平洋上星罗棋布的岛屿。“看，我的家乡在瓜达尔卡纳尔岛，大使的家乡在北方的马莱塔省。”特蕾莎指着画作当起了导游，“欢迎大家日后来‘幸福之岛’，享受轻松的海岛假日。”

（文 / 吴正丹　原载于《人民日报海外版》2022 年 9 月 5 日第 8 版）

## “幸福之岛”，排箫悠扬



所罗门群岛由 9 个省组成，位于太平洋西南部。1568 年，西班牙航海家门达尼亚抵达所罗门群岛时，看见当地人身上都佩戴着金光闪闪的黄金饰物，以为找到了传说中所罗门王的黄金宝库，遂以“所罗门”为此地命名。

所罗门群岛的确是宝藏之地，这里不但有丰富的黄金、镍、铝等矿产资源，原木储量更超过 1 亿立方米。所罗门群岛还有“幸福之岛”美名，生活恬淡悠然。

所罗门群岛属美拉尼西亚群岛，全国 94.5% 为美拉尼西亚人。当地人古朴的传统服饰展现了海岛独特的原生态之美。男子下装名为“卡比拉托”（Kabilato），女子则穿传统的草裙。卡比拉托是一尺多宽的长布条，从腰间缠绕至两腿间以钩状包裹。草裙是一种纱笼式裹身裙，以树皮为原料的塔帕布制成。当地无论男女都喜欢项链、耳环等饰品，有的珠串项链中还夹杂几枚鲨鱼和海豚的牙齿，颇有海岛特色。

许多所罗门群岛居民至今保持着传统生活方式，独木舟仍是当地在小

塔瓦尼普普岛度假中心美景

岛屿间往返的重要交通工具。行舟看似简单，实则需要人们从小练习，划独木舟与走路、游泳一样是当地人必备的本领。生活在所罗门群岛西部岛屿的罗维亚纳人还有一种称为“托莫克”的独木战船。历史上最大的战船可载上百战士，出征时战士们一边划桨，一边呼号，以求行船顺利、战无不胜。当然，驾独木舟捕鱼才是当地人的日常，岛民带着自制的长矛出海，捕获的鱼鲜让家人大饱口福。

所罗门群岛的生活中少不了空灵的排箫声。排箫是世界上最古老的乐器之一，经历数千年发展，已逐渐脱去其原始民俗基调，而唯有在所罗门群岛，来自远古的声音被原汁原味保存下来。在上海世博会所罗门群岛国家馆日活动上，所歌舞团就曾献上排箫表演，表演者手持大型排箫，边吹奏边舞蹈，悠扬琴声把岛国风情演绎得淋漓尽致。

太平洋、珊瑚礁石尽显所罗门群岛的独特之美，而排箫发出的天籁之声更添几分世外桃源的意境。

（文/吴正丹　原载于《人民日报海外版》2022年9月5日第8版）

# 南非

# South Africa

我/在/中/国/当/大/使

# “我眼里的中国可爱可敬”

## ——访南非驻华大使谢胜文

南非驻华大使谢胜文　付勇超 / 摄

“中国是南非最大的贸易伙伴”“南非人很喜欢到中国留学、旅游、经商”“南非不仅有众多孔子学院，还把中文作为选修语言纳入了教育体系”……南非驻华大使谢胜文日前在接受人民日报海外网采访时，一口气列举了多个“中国对南非越来越重要”的例子。带着进一步推动两国关系发展的使命而来，谢胜文确信，中国发展给南非乃至整个非洲带来了机遇。

## “相信北京冬奥会将成功举办”

“在北京，你不会觉得自己是外国人。”这是谢胜文2020年底来华就任后最直接的感受。“我眼里的中国可爱可敬，中国人吃苦耐劳、相互尊重，中国人的好客友善令人难忘，中国治安也非常好。”

谢胜文真诚祝贺中国共产党的伟大成就，他说：“中国共产党带领中国发展成今天的模样。中国发展不是为了竞争，而是为了让人民过上更好的生活。中国共产党把人民放在首位，是非常崇高的理念。在这方面，南非和中国有共同理念，南非所为之奋斗的也是人民的福祉。”谢胜文注意到，中国“十四五”规划对增进民生福祉、改善人民生活品质提出了很多重大举措。“中国已完成摆脱绝对贫困的艰巨任务，为人民的福祉制订了长远规划并做了充分准备。”谢胜文相信，“在中国共产党领导下，中国人民的生活会越来越幸福。”

谢胜文认为，2022 年北京冬奥会将为世界了解中国打开一扇新窗口。南非前总统曼德拉曾说，“体育有改变世界的力量。它能鼓舞人心，它能团结人们，它的力量无可取代”。2022 年北京冬奥会的举办，对修复疫情创伤、恢复信心、凝聚力量有特殊意义。不久前，包括谢胜文在内的一批驻华使节走进北京冬奥会张家口和北京赛区的场馆。看到筹备工作有条不紊展开，谢胜文不由对北京冬奥赛场上的精彩赛事更加期待。他说，南非虽然没有太多冰雪运动项目，但他对滑雪非常感兴趣，希望在北京冬奥会赛场上看到精彩的滑雪比赛。“这场体育盛事不仅可以让人们领略冰雪运动的魅力，也会让世界更了解中国，相信北京冬奥会将成功举办。”

## “欢迎中国企业到南非投资”

“中国向前发展，南非、非洲乃至整个世界都会受益。”谢胜文反复提及，中国连续 10 余年稳居南非最大贸易伙伴地位。他认为中国大市场还将为南非带来更多机遇。在中国每次逛超市，谢胜文都会留心找一找货架上有没有南非产品。“南非葡萄酒、水果、海鲜等产品非常优质，我们要做好市场营销，让更多中国消费者了解南非产品，增加在中国市场的份额。”谢胜文说。

谈起两国经贸合作的前景，谢胜文表示，2021 年 1 月正式启动的非洲大陆自贸区为南中、非中经贸合作升级提供了良机。此前非洲各国间贸易额在非洲大陆贸易总额的占比不到两成，自贸区建设不仅有利于促进非洲各国间贸易，还将通过搭建区域价值链总体提升产品附加价值。“非洲可以成为中国劳动力密集型产业转移的承接地。”谢胜文说，“南非有好的制造业基础，欢迎更多中国企业到南非投资建厂。”

谢胜文寄予厚望的非洲大陆自贸区建设，背后是非洲国家联合自强、推动经济转型、掌握自身命运的努力。在非洲发展振兴的道路上，中国始终是坚定支持者和积极参与者。“非中关系发展遵循互相尊重和团结的方式，形成了‘如果一方发展，另一方也受益’的双赢局面。”谢胜文举例说，中非合作论坛是中国支持非洲发展的重要机制。在中非合作论坛框架下，中国对非洲人力资源、关键基础设施进行了大量投资。在中国帮助下，非洲基础设施大幅改善，城市与城市间、国与国间联通了起来。“只有非洲大陆实现了互联互通，才能与世界更好合作。”

## 金砖合作招牌越来越亮

同为具有重要影响的发展中大国和新兴市场国家，中国与南非合作的意义非同寻常。

面对新冠肺炎疫情，两国合作至关重要。日前，南非批准中国科兴新冠疫苗紧急使用，让谢胜文倍感振奋。“我本人就接种了中国疫苗。”谢胜文说，中国疫苗为更多南非人带来希望，也将助力南非推进疫苗接种计划，以防止新一波疫情造成灾难性影响。他表示，疫苗是战胜疫情的希望，但很多非洲国家和发展中国家却一剂难求。南中一直在努力促进疫苗的全球公平合理分配，支持世卫组织加快推进“新冠肺炎疫苗实施计划”。“中国向最有需要的发展中国家提供了大量疫苗援助，我们对此十分赞赏。”谢胜文说。

为应对疫情的大考，两国还致力于共同擦亮金砖这块“金字招牌”。谢胜文表示，金砖国家政治体制、发展方式、文化传统不尽相同，但都有维护世界和平、促进共同发展的理想。近年来，金砖国家间贸易额不断攀升，人文交流日益加深，金砖国家伙伴关系的民意基础不断扩大。值得一提的是，为应对疫情，金砖国家新开发银行设立了紧急援助贷款。“不仅南非政府，普通南非人也看到了金砖国家合作机制实实在在的好处。”谢胜文相信，无论国际风云如何变幻，无论外界如何评说，金砖合作的“金字招牌”只会越来越闪亮。

（文/毛莉　吴正丹　原载于《人民日报海外版》2021年7月12日第8版）

# 谢胜文：南非与中国一道庆祝中共百年华诞



2021 年是南中关系非常重要的一年，两国政治、经济和人文交往将进一步深化。政治关系是南中关系的基础。南非与中国人民一道庆祝中国共产党百年华诞。在中国共产党领导下，中国人民过上了幸福团结的生活。中国的发展鼓舞了发展中国家。面对艰难困苦，中国共产党坚定信念、不忘初心，带领中国人民跨过了一道又一道沟坎，取得了一个又一个胜利。

2021 年也将见证南中经贸合作的深化，这是两国关系的引擎。南非企业将继续增加在华投资，也会有更多中国投资落地南非，一些中国企业将在南非设立非洲地区总部。南非正通过新的投资政策和经济特区建设优化投资环境。

2020 年，为应对新冠肺炎疫情冲击，南非总统拉马福萨宣布了“经济重建与复兴计划”，其中一项就是增加对中国等超大规模市场的优质出口。南非是最大的铂金生产国，其主要出口目的地是中国。不久前南非参加了上海铂金周开幕式。除贵金属外，南非牛肉、葡萄酒、柑橘、水果、芦荟油、牡蛎和鲍鱼等产品也深受中国消费者喜爱，在华消费量逐步增加。

2021年9月，南非将作为主宾国之一参加在湖南长沙举行的第二届中国—非洲经贸博览会。南非希望通过这个平台以及湖南自由贸易试验区建设带来的机遇增加对华出口。南非将加强与中国所有友好省市的联系。

中国对南非政府的“帕基萨行动”蓝色经济战略表达了支持。南非海洋资源丰富，蓝色经济战略有望在2033年前为南非国内生产总值贡献1770亿兰特，并创造上百万就业岗位。

“一带一路”倡议拓展了南中合作的渠道。南中均为联合国成员，还在金砖国家、中非合作论坛、二十国集团等多边框架下合作。南中密切合作建立了金砖国家新开发银行非洲区域中心，该中心已于2017年正式揭牌。

面对疫情，南中在促进抗疫国际合作方面发挥着重要作用，两国一直致力于推动世卫组织“新冠肺炎疫苗实施计划”。中国向许多发展中国家提供了医疗设备和挽救生命的疫苗。南中都已开始实施疫苗接种计划，希望两国都能尽快实现群体免疫。

2021年，希望我们两个伟大国家之间的关系变得更加牢固，两国领导人互动更加密切，加强在科技、教育、文化、旅游等各领域的交流合作。通过共同努力，我们终将战胜疫情带来的挑战。

（文/南非驻华大使谢胜文　原载于《人民日报海外版》2021年7月12日第8版）

## 南非大使欢迎中国游客



“哈哈”“哈哈”豪放爽朗的笑声，或是南非驻华大使谢胜文最具个性的“招牌”。对谢胜文大使的采访，在笑声中开始，在笑声中结束，全程“包袱”一个接一个，现场笑声一波接一波。

当我们笑称他是“最爱笑大使”时，谢胜文大使又是爽朗一笑：“爱笑的人身体好，南非人和中国人一样都非常热情友善。”大使的笑脸，让人对万里之外的“彩虹之国”心生好感。

南非是动物与人和谐共生的乐园。各类“动物”的身影，出没在使馆各个角落。传达室墙上的巨幅草原风景图里，有一群迁徙的大象；前厅墙角处摆放的是一人多高的长颈鹿木雕；通往二楼的楼梯转角处，两头铜雕犀牛悬挂于墙。每走到一种动物前，谢胜文大使都热情介绍：“长颈鹿在祖鲁语中意为‘头高过树冠的动物’”“犀牛有白犀牛和黑犀牛之分，但白和黑并不是指颜色，白犀牛更温顺，黑犀牛更凶猛”……

说起南非种类繁多的动物，谢胜文大使出了道题：“‘非洲五霸’是什么？”话音刚落，大使自己抢答：“狮子、大象、水牛、豹和犀牛。”通过镜头，大使发出热情邀请，欢迎中国游客到南非草原体验敞篷越野车巡游，亲眼看看威武的“非洲五霸”。

南非是被大自然眷顾的土地。这里丰饶的物产声名远播：葡萄酒、柑橘、钻石、蜂蜜……在谢胜文大使的“私家推荐榜单”上，南非路易波士茶位居前列。带起货来，谢胜文大使的小幽默信手拈来：“女士喝了南非路易波士茶会变美，美到连她的丈夫或男朋友都认不出。”这虽是笑谈，但路易波士茶的确是深受南非人喜爱的健康饮品。路易波士茶并非真正意义上的茶，而是一种只生长在南非开普敦的灌木，有亮绿色的针状叶子，加工后呈橙红色。由于富含多种矿物质且不含咖啡因，路易波士茶老少咸宜。在南非，许多母亲从哺乳期就开始给婴儿喝路易波士茶。在南非的超市里，还能买到路易波士茶制成的香皂、牙膏、面霜等产品，到南非的游客通常会选几样作为伴手礼。

大使最后说，待疫情散去，欢迎更多中国游客走进南非。

（文/毛莉　陆宁远　原载于《人民日报海外版》2021年7月12日第8版）

## 到“彩虹之国”亲近自然



“彩虹之国”南非，是镶嵌在非洲大陆最南端的一颗闪闪发光的明珠。大西洋与印度洋在此交汇，黑色、白色、黄色等不同皮肤的人们在这片土地上和谐共存。打卡南非，或是在荒野间追寻动物的踪迹，或是在繁林中细嗅花木的芳香，都能将心灵从喧嚣的都市中解放出来，享受一份大自然的宁静。

南非向来以物种多样性闻名世界，不少远道而来的游客都想在非洲大地一睹野生动物真容，克鲁格国家公园正是亲近野性自然的不二之选。克鲁格国家公园堪称非洲最大面积、最古老且最著名的自然保护区之一。这座公园占地近 2 万平方公里，被当地人称为“野生动物的乐园”。上万头大象、近 9 万只黑斑羚、5000 只长颈鹿、近 5000 头犀牛栖息于此。为了更方便游客亲近自然，公园为游客们提供了多种游览方式：可乘坐游览车跟随导游游览沿线风光；也可随徒步旅行团在一望无垠的草原上跋涉，追寻野生动物的踪迹。

感受“彩虹之国”的绚丽之美，南非开普敦国家植物园也是一个好去

俯瞰开普敦　托比亚斯·赖希 / 摄

处。这个被列入世界自然遗产名录的植物园，被誉为非洲最美丽的花园之一。植物园靠山望海，地理位置得天独厚，加上园林设计者的精心规划，游人漫步其间既可欣赏到高山大海、蓝天绿地的广袤之美，又能感受到小桥流水、曲径通幽的人工之妙。植物园内终年花开不断，千变万化，美不胜收。每逢南非国花帝王花开时，游客一定会被植物园内绵延的花海深深震撼。帝王花花球直径至少 10 厘米，长则达到 30 厘米。花朵颜色多变，白色清丽淡雅，粉红色娇媚动人，紫红色富丽华贵。其中，花瓣为淡玫瑰色，中心部分闪烁着银色光泽的品种艳冠群芳，这种色彩斑斓的帝王花也是广受欢迎的出口产品。

动物在草原上穿梭嬉戏，繁花在绿叶间傲然盛放，两大洋的海浪击打同一片海岸，九霄外的星河装点出不一样的天空。狂野与浪漫，便是打卡“彩虹之国”的关键词。

（文/陆宁远　原载于《人民日报海外版》2021 年 7 月 12 日第 8 版）

# 斯里兰卡

## Sri Lanka

我/在/中/国/当/大/使

# “在中国的每一天都值得期待”

## ——访斯里兰卡驻华大使帕利塔·科霍纳

斯里兰卡驻华大使帕利塔·科霍纳　谢明／摄

“我和中国的故事，可以聊一整个下午。”斯里兰卡驻华大使帕利塔·科霍纳日前在接受人民日报海外网专访时表示。担任斯里兰卡常驻联合国代表的经历，让科霍纳和中国外交官在国际合作中结下深厚友谊。

赴中国当大使，科霍纳既有与老朋友重逢的喜悦，也有结识新朋友的兴奋。对刚刚开启驻华生涯的科霍纳而言，未来在中国的每一天都值得期待，“所有没去过的中国城市，我都想走一走、看一看”。



## 向中国共产党成立 100 周年送上祝福

谈及对中国的印象，科霍纳说：“到中国当大使前，我来过北京很多次。每次到访，这座城市都让我惊喜，我都会发现新的高楼大厦拔地而起，城市天际线像科幻电影场景。”

正式赴华就任后，一个个中国故事为科霍纳打开了深入了解中国发展奇迹的大门。他表示，世界很多地区面临贫困、识字率低、技术不足、营养不良和疾病等挑战，中国消除了绝对贫困，这是人类历史上的巨大成就。面对新冠肺炎疫情的大考，当全球主要经济体陷入经济停滞时，中国不仅率先控制住疫情，中国经济也率先实现复苏。中国巨大的市场迸发出惊人活力，中国是全球最大的汽车市场，中国电子商务市场规模持续引领全球，世界上很多国家都在追赶中国移动支付发展的脚步。今天的中国更是成为不可忽视的科技力量，中国是5G技术发展的领导者，探月工程和火星探测标志着中国航天科技的新跨越。

科霍纳自1992年联合国气候环境与发展大会举行时就开始参与应对气候变化相关工作，他对中国发展方式的绿色转型尤为赞赏。科霍纳说："中国宣布将采取更加有力的政策和措施，二氧化碳排放力争于2030年前达到峰值，努力争取2060年前实现碳中和。这将是一个非凡成就。气候变化是人类面临的巨大生存挑战，应该立即着手解决这个问题。"

细数中国发展的不平凡成就，科霍纳表示，中国共产党是中国政治、经济、社会等各领域发展的领导力量。正是在中国共产党的领导下，中国成长为具有国际影响力的大国。"我最近刚读到的一份调查报告显示，中国民众对中国共产党的执政能力和效率表示非常满意。我在中国看到的情况也是如此，中国共产党赢得了民众的广泛支持。"科霍纳向中国共产党成立100周年送上祝福，并表示希望未来斯里兰卡和中国共产党建立更密切的友好关系。

## "中国是最有潜力的市场"

"搭乘中国发展的东风，斯里兰卡将受益匪浅。"科霍纳这番感慨背后，有一段镌刻在两国友好交往史上的难忘记忆。斯里兰卡2009年结束内乱后，亟须国际社会伸出援手。在大多数国家保持沉默或观望时，中国全方位深度参与斯里兰卡战后重建，帮助斯里兰卡发展。

科霍纳表示，对斯里兰卡而言，"中国是最有潜力的市场"。2010年至2020年，斯里兰卡对华出口的红茶从100万公斤增至1450万公斤，是两国贸易迅猛发展的一项标志性成果。中国已经明确2035年基本实现社会主义现代化的远景目标，意味着中国的中等收入群体将进一步扩大并带来消费能力的增长，这会为斯里兰卡的产品提供巨大的市场机遇，包括宝石、香料、椰子制品等。斯里兰卡正在努力提高商品质量及包装技术，面向中国市场需求及标准“定制”出口商品，希望更多斯里兰卡产品进入中国市场。

两国共建“一带一路”的丰硕成果，让科霍纳更加看好中国机遇。由中企承建的斯里兰卡南部高速公路延长线全线贯通，使斯里兰卡首都科伦坡、著名旅游城市高勒以及汉班托塔、马特拉等 4 个主要大城市实现高速公路连接，过去需要花费 7 个小时的路程缩短到 2 个半小时；普特拉姆燃煤电站建成投入运营后，结束了斯里兰卡频繁断电的历史，便利了人民生活；科伦坡港口城、汉班托塔综合发展项目更是有望成为经济腾飞的新引擎……科霍纳评价说：“‘一带一路’可能会对包括斯里兰卡在内的广大发展中国家的经济产生变革性影响。”

## “到斯里兰卡享受阳光沙滩”

中斯之间的相互支持在世纪疫情的考验中愈加坚定。斯里兰卡是中国援助新冠肺炎疫苗的首批国家之一，科霍纳赞赏中国将新冠肺炎疫苗作为国际公共产品。“我们非常感谢中国向斯里兰卡提供疫苗。”科霍纳说，“疫情是全球挑战，需要各国携手应对。”

如何在“后疫情时代”不断开拓合作新途径新领域，是科霍纳当前最大的关切。两国跨越千年的友好交往史蕴藏着拓展双边合作的无限可能。“在今天的斯里兰卡，人们仍在讲述中国东晋高僧法显的故事，考古学家也不时挖掘出中国古代的钱币等文物，这都说明两国历史上人文交流非常密切。”科霍纳希望，人文交流的纽带将两国人民的心拉得更近。

“欢迎更多中国游客走进斯里兰卡。”科霍纳认为，旅游是加强两国人民相互了解的直接方式，“期待中国游客到斯里兰卡享受阳光沙滩，和大象鲸鱼海豚亲密接触，在古老庙宇中感悟深邃的佛教文化，品尝正宗锡兰红茶，感受斯里兰卡人的微笑和友好。”

科霍纳期待旅游成为斯中合作的新亮点。他说，旅游业是斯里兰卡的支柱产业之一，上百万斯里兰卡人从事旅游及相关行业。中国是世界最大的出境游客源国，中国游客的脚步遍布世界，希望斯里兰卡未来也能成为中国游客出境游的热门目的地。

（文/毛莉　任天择　原载于《人民日报海外版》2021年5月3日第6版）

## 帕利塔·科霍纳：
## “一带一路”让我们迎来投资盛宴



斯里兰卡位于印度洋中部，是季风和洋流的交汇点，拥有重要战略地理位置。历史上，中国商人很早就来到斯里兰卡，并将其视为古代海上丝绸之路一个繁荣的重要节点。斯里兰卡的华人社区是深化斯中贸易及其他领域关系的重要纽带。

1950 年，斯里兰卡（时称锡兰）成为较早承认新中国的国家之一，并始终无条件奉行一个中国政策。1952 年，斯中冲破西方国家的强烈反对和干扰，签署著名的《米胶协定》，成为两国友谊的重要标志。

1957 年周恩来总理访问斯里兰卡，两国建立了持久稳固关系的框架。1972 年，斯里兰卡总理班达拉奈克夫人访华，两国关系蓬勃发展。这一时期中国援建的班达拉奈克国际会议大厦屹立至今，一直是科伦坡最大的会议设施。

如今，中国提出的“一带一路”倡议，为包括斯里兰卡在内的很多国家带来快速发展的机遇。古丝绸之路沿线的国家急需投资和发展机遇，我们在“一带一路”倡议下迎来了一场投资盛宴。“一带一路”倡议将重铸古丝绸之路的辉煌。对于像斯里兰卡这样的国家来说，“一带一路”倡议提供的资源将使我们在短期内从中低收入国家跃升至更高水平。斯里兰卡政府从总统到总理再到各部长热烈欢迎这一倡议。

来自中国的投资对斯里兰卡的发展意义重大。中企承建的汉班托塔港曾被《经济学人》杂志认为将成南亚的主要港口，中企建设的普特拉姆燃煤电站已成为斯里兰卡电力的主要贡献者，中企承建的科伦坡莲花电视塔是南亚迄今最高的电视塔，中国投资的科伦坡港更是有望成为“下一个迪拜”。

斯里兰卡正在努力实现“繁荣与辉煌愿景”，这与“一带一路”倡议高度契合，为斯里兰卡未来数年勾勒出发展蓝图。尤其在基建及信息技术方面，斯中合作将发挥关键作用。

（文/斯里兰卡驻华大使帕利塔·科霍纳　原载于《人民日报海外版》2021年5月3日第6版）

# 想跟中国电影人合作的大使



说起“印度洋明珠”斯里兰卡，很多中国人想起的不仅有香飘四溢的红茶、晶莹夺目的宝石，还有高僧法显开启的千年佛缘、郑和七次远洋航海的历史纽带、患难见真情的《米胶协定》。当“我在中国当大使”栏目组走进斯里兰卡驻华大使馆时，首先映入眼帘的一条老照片走廊，将我们的思绪立刻拉回历史长河。黑白光影诉说着中斯友好交往的动人故事。

斯里兰卡驻华大使帕利塔·科霍纳希望为两国友好交往史留下更多精彩瞬间。曾担任斯里兰卡外交秘书的科霍纳大使，给人以果断干练的深刻印象。到中国履新不久，科霍纳大使立刻投入到推动两国合拍电影的努力中，马不停蹄走访中国导演、制片人。和栏目组甫一见面，大使迫不及待聊起了他的电影梦：“中国电影人在泰国拍摄的《泰囧》大获成功，欢迎中国导演到斯里兰卡拍一部‘斯囧’。”

科霍纳大使希望中国观众通过电影了解和喜欢斯里兰卡，他相信斯里兰卡一定会让中国游客有宾至如归的感觉。斯里兰卡和中国在文化上有不少共通之处。大使举例说，斯里兰卡最重要的传统节日——僧伽罗和泰米尔传统新年与中国春节相差大概两个月时间，但庆祝方式非常相似。“我们的节日都有上千年历史，过节都讲究吃团圆饭、相互送礼。”

文化因交流而精彩、因互鉴而丰富。科霍纳大使欢迎更多中国游客到访斯里兰卡，也希望更多斯里兰卡人到中国看看。在采访结束前，大使意犹未尽聊起中国文化发现之旅的“愿望清单”：逛博物馆、听京剧以及到西安、南京、上海等不同城市探寻中国之美。

（文/毛莉　陆宁远　原载于《人民日报海外版》2021年5月3日第6版）

# 把斯里兰卡加进“旅游愿望清单”

斯里兰卡被称作“印度洋明珠”。在斯里兰卡6万多平方公里的土地上，分布着1330公里的海岸线、350个大小瀑布、25000个水体，还有大片郁郁葱葱的茶树山坡、植物园以及26个国家公园。

对世界各地的游客而言，在斯里兰卡众多美妙的风景中，原生态海滩极具魅力。斯里兰卡沙滩繁多，金色的细沙与岸边遮阳的椰子树勾画出迷人轮廓。西部有尼甘布沙滩、拉维尼亚山沙滩、本托特沙滩；南部有乌纳瓦图纳沙滩和希卡杜瓦沙滩，后者被美国探索频道评选为世界十大最佳海滩之一。而在斯里兰卡东海岸，分布着尼拉瓦利、帕斯库达、卡尔库达和阿鲁甘湾，其中阿鲁甘湾被列为世界十大冲浪点之一。作为冲浪爱好者的乐园，阿鲁甘湾享有地利与天时，每年季风如期而至，为游客创造了潮头逐浪的好机会。

在斯里兰卡不仅可以与海为伴、融入自然，还能与野生动物亲密互动，感受地球生态物种的丰富性。斯里兰卡面积虽小，但重视生物多样性保护。辛哈拉加森林保护区是展现斯里兰卡生物多样性的重点地区，现已被联合

乘坐“总督列车”穿越斯里兰卡茶园（斯里兰卡驻华大使馆供图）

国教科文组织认定为世界自然遗产，并被纳入生物圈保护区。

雅拉国家公园被认为是世界上猎豹密度最高的地区。乌达瓦拉维国家公园以大象闻名，而卡米内日亚国家公园有着震撼人心的“旱季峰会”：成百上千的大象齐聚一堂，享用这里茂密的植被和水。在斯里兰卡国家公园，不仅有其他动物保护区出没的大象、猎豹，还有树懒熊、黑鹿、梅花鹿、麂、豪猪、食蚁兽、灵猫、巨松鼠，以及猕猴、紫脸叶猴、长尾叶猴等种类繁多的动物。

斯里兰卡有令人沉醉的自然意趣，也有让人难忘的人文之美。阿努拉达普拉古城被联合国教科文组织列为世界文化遗产，著名的大菩提树就挺立于此，据说这是世界上最古老的活树。波隆纳鲁沃古城同样也是世界遗产，藏有世界上最大的石刻书籍之一——伽尔婆塔石碑。锡吉里亚古城是斯里兰卡最具吸引力、最受欢迎的世界遗产，游客从令人赞叹的锡吉里亚壁画中可以遥想古城昔日的雄伟。古城内非凡的水上花园建筑群，彰显了斯里兰卡发达的水利技术。

优美的自然环境、悠久的文化传承，让斯里兰卡人引以为豪。以热情、友好和微笑闻名于世的斯里兰卡人，盼望世界各地游客将这个美丽国度添加到“旅行愿望清单”中，成为必游之地。



［文 / 米薇（斯里兰卡） 原载于《人民日报海外版》2021 年 5 月 3 日第 6 版］

# 土耳其

## Turkey

我/在/中/国/当/大/使

# “朱婷为土耳其排球事业作了贡献”

## ——访土耳其驻华大使埃明·约南

土耳其驻华大使埃明·约南　付勇超 / 摄

近日，土耳其驻华大使埃明·约南接受了人民日报海外网“我在中国当大使”栏目的专访。身材魁梧高大的约南是运动爱好者，而体育正是他观察中国的独特视角，“中国人是非常喜欢运动的民族，如晨练、散步、骑车等，运动已经融入中国人的日常生活中”。以体育为切入口，约南畅谈他在中国生活工作近5年的所见所闻，并表达了进一步推动土中体育、经贸、旅游等多领域合作的强烈愿望。

## 朱婷赢得了土耳其人的心

谈到土中体育合作，就不能不提中国排球运动员朱婷。不久前，中国女排以十一连胜的佳绩卫冕女排世界杯冠军的消息不仅让中国人无比振奋，也让土耳其人十分激动。因为中国女排队长朱婷在土耳其也是家喻户晓的“大明星”。朱婷因加盟瓦基弗银行俱乐部，曾在土耳其生活近3年，她力助瓦基弗银行俱乐部拿下了8个冠军。

回忆起2019年元旦邀请朱婷到大使官邸做客的情景，约南高兴地说，朱婷用她的成功和谦逊赢得了中国人和土耳其人的心，朱婷为土耳其排球事业作出了重要贡献。约南表示：“未来欢迎更多中国运动员到土耳其交流，也希望有更多土耳其运动员到中国来，让体育的凝聚力发挥更大作用。”

正是由于看重体育在促进人文交流中的重要作用，约南还首次透露了关于举办“一带一路”运动会的构想。他建议，“一带一路”沿线国家可以每四年轮流举办一届运动会，囊括足球、篮球、排球等多个项目，通过体育促进沿线国家之间的民心相通。

## 为中国提供“定制服务”

与土中活跃的体育交流合作相映生辉，土中经贸合作也日益紧密。约南说，近年来土耳其人对中国制造的认知发生了巨大变化，中国产品的质量、价格都受到认可，中国电子产品尤其是华为手机，在土耳其非常受欢迎。此外，有 1000 多家中国企业在土耳其投资兴业。

不过，对与中国这个世界第二大经济体的合作，约南并不满足于现状，“两国目前的年贸易总额在 230 亿美元至 240 亿美元规模，还有很大的潜力有待挖掘，希望第一步先提高到 500 亿美元”。

共建“一带一路”倡议与土耳其“中间走廊”计划的加速对接，为两国加深经贸合作提供了巨大机遇。约南表示，未来土耳其希望在核电、高铁方面加强同中国的合作。他说，借助“一带一路”倡议的东风，土耳其樱桃已经开始进入巨大的中国市场。接下来，期待土耳其乳制品、石榴、无花果、橄榄油等更多特色产品进入中国市场。

约南不仅希望两国对彼此的产品敞开大门，也期待土中相互成为对方国家企业投资的理想地。“投资土耳其并不是仅仅投资一个人口 8000 万的国家，而是整个周边地区。”约南表示，地处欧亚大陆交界处的土耳其是一个辐射多国的“桥梁国家”，从土耳其坐飞机 4 小时内可以到达 57 个国家。如果中国企业在土耳其投资兴业，中国产品可以更便捷地进入欧洲、美洲和中东地区国家。

为了吸引中国企业投资土耳其，约南还一口气列举了诸多其他好处：

土耳其平均年龄31岁的年轻人口结构，可以提供丰富劳动力资源；目前一些中资银行已经进入土耳其，为中国企业投资土耳其带来了便利。更为重要的是，土耳其当地政府可以提供“定制服务”，以满足中国企业的投资需求。

## “我们两个民族非常相像”

在体育及经贸合作之外，如何推动两国旅游合作发展也是约南关注的重点。

在2017年担任驻华大使之前，约南曾在广州生活过两年多时间。从广州到北京，约南感受到中国文化的多样性，也发现了土中文化的共通之处。

约南表示，土耳其和中国都有丰富的历史文化遗产，土耳其人和中国人都非常热情好客，都有重视家人团圆、亲友团聚、热闹喜庆的节庆文化，“我们两个民族非常相像”。

约南认为，要让两国人民之间产生更强烈的文化亲近感，旅游就是一个重要途径。约南说，很多中国游客会被土耳其深厚的历史人文积淀、丰富的文化遗产深深吸引，而到中国旅游的土耳其人也爱上了中国的美食和美景。

近年来，赴土耳其的中国游客数量快速增长，2018年达到40万人次。不过，相较同年中国出境游1.5亿人次的量级而言，两国发展旅游合作仍有广阔空间。约南希望，到2021年土中建交50周年之际，包括旅游在内的两国各领域合作会有更大发展。

（文/毛莉　聂舒翼　原载于《人民日报海外版》2019年10月28日第8版）

· 采访手记 ·

# 朱婷回应了大使点赞

走进土耳其驻华大使馆之前，中国女排运动员朱婷曾做客土耳其驻华使馆的信息引起了我们的格外关注，此次采访由此增加了“体育交流”这一主题。有意思的是，我们的报道在海外网发表后，朱婷本人特意回应了大使对她的高度评价。

“我在中国当大使”栏目组迄今采访了近30位驻华大使，他们观察中国的角度不尽相同，但大多集中在经济、文化、科技等领域。这一次，对土耳其驻华大使的采访从体育切入，为描绘更加全面、立体的中国形象提供一个新维度。

见到体型健硕的约南大使后，我们的采访从大使最爱的体育运动开始：排球、篮球、网球、乒乓球……说起喜爱的体育运动，初见时略显严肃的大使，面部线条逐渐柔和起来。当被问到对中国哪一项运动印象最为深刻时，大使一句“（中国的）广场舞很有趣”引来采访现场满堂大笑，他对中国人日常生活的体察之深由此可见一斑。

体育不仅是约南大使个人生活与中国的连接点，也是两个文明古国人文交流的新亮点。在我们的追问下，约南大使回忆起怀抱小儿子与朱婷“拉家常”的愉快场景。朱婷对土耳其排球作出的重要贡献，约南大使不吝赞美之词，并通过我们的镜头郑重表达了推动土中加强体育交流合作的强烈愿望。

约南大使的愿望在中国网友中引起强烈共鸣。关于约南大使专访的图文与短视频报道推出后，引发网友热烈讨论，24 小时内阅读量超过 80 万，阅读量逾 50 亿的“朱婷超话”“女排朱婷吧”等微博话题相继转发，综合转发互动量超过 2000 条。海外网微博网友表示：“谢谢约南大使和土耳其人民对朱婷的认可与厚爱！”海外网微信网友说：“土耳其大使说的‘一带一路’运动会，很有创意！助力沿线国家民心相通。”

我们的采访报道也引起了朱婷本人的关注。朱婷在回应约南大使的赞赏时表示，“听到他这么说我很开心”“如果今后还可以去（土耳其）打球，我希望能打得更好一些，做得更好一些”。

（文 / 毛莉　聂舒翼　原载于《人民日报海外版》2019 年 10 月 28 日第 8 版）

# “千年之城”伊斯坦布尔

襟三洲而带五海，居于历史上罗马帝国、拜占庭帝国与奥斯曼帝国的中心地带，这就是享有“亚欧之桥”美誉的土耳其。东西方文化在这里交汇，厚重的历史在这里沉积，土耳其恢宏大气之美是何等摄人心魄？答案

伊斯坦布尔　斯穆尔杜尔 / 摄

尽在“千年之城”伊斯坦布尔。

作为世界上唯一横跨亚欧大陆的城市，伊斯坦布尔四通八达。从法国巴黎出发，穿越阿尔卑斯山脉，闻名遐迩的“东方快车”把伊斯坦布尔作为终点；而前往中东的巴格达铁路则从这里启程。作为扼守黑海出海口的港口，从伊斯坦布尔取水道出马尔马拉海，经达达尼尔海峡入爱琴海，一路前行可以通达地中海乃至北非的亚历山大港。2018 年 10 月伊斯坦布尔新机场首航则展示了这座城市成为全球航空枢纽的雄心，这座机场 2021 年在美国《旅游与休闲》杂志评选中跻身“世界十佳机场”。

“千年之城”伊斯坦布尔的深厚沉淀铭刻在时间维度上。从拜占庭到君士坦丁堡、再到伊斯坦布尔，这座城池写下帝国兴衰的史诗，不同文明留下的历史遗产让古今东西在此熔为一炉。纯白的大理石石柱与宏大的圆形剧场，诉说着古希腊城邦文明昔日的辉煌；神秘的地下水宫和延绵的城墙，让古罗马元素融入城市风光；苏丹阿赫迈特广场犹存拜占庭帝国的荣光，多玛巴切宫与托普卡珀宫再现奥斯曼帝国的盛景。

游览伊斯坦布尔，清晨不妨先前往博斯普鲁斯海峡周边散步。温暖的晨曦、蔚蓝的海水，船只穿行、海鸥翻飞，眺望海峡之上飞虹一般的长桥，走到两端桥头与“欢迎来到欧洲”和“欢迎来到亚洲”的路标合影。伊斯坦布尔大巴扎是世界上最大、最古老的巴扎之一。晌午时分，大巴扎内人头攒动，好不热闹。从围巾、地毯到金饰、珐琅器，大巴扎里琳琅满目的商品让人眼花缭乱。这里还可以买到历史悠久的土耳其软糖。这种软糖由玫瑰水、乳香树脂与柠檬调味而成，据说在奥斯曼帝国时代只有皇室贵族才享用得起。从伊斯坦布尔大巴扎带回的土耳其软糖，无疑是馈赠亲友的佳品。夕阳西下，从塔克西姆广场出发，搭乘一次世界上最短的地铁，在热闹的商业街边找一家土耳其烤肉餐馆大快朵颐，就为一天的行程画上了圆满句号。土耳其的万种风情，穿行伊斯坦布尔一日便可充分领略。

（文 / 吴正丹　原载于 2022 年 7 月 29 日人民日报海外网）

# 越南

## Vietnam

# “祝贺中国共产党百年华诞”

## ——访越南驻华大使范星梅

越南驻华大使范星梅　谢明 / 摄

"越南共产党、越南政府和人民对中国共产党、中国政府和人民取得的巨大成就表示诚挚的祝贺。"近日，越南驻华大使范星梅通过人民日报海外网的镜头向迎来百年华诞的中国共产党致贺。

2019年秋天出任越南驻华大使的范星梅是一位"中国通"。从河内到香港，再到南宁和北京，从越南外交部中国司专员到驻南宁总领事再到越南驻华大使，他的工作一直围绕着中国展开。

## 兄弟般的深厚情谊

同为共产党领导的社会主义国家，中越有着"同志加兄弟"般的深厚情谊，在峥嵘岁月里的彼此支持是双方共同珍视的记忆。范星梅指出，由两国老一辈领导人精心缔造和培育的传统友好是越中两党、两国和两国人民共同的宝贵财富。他高兴地看到，近些年，越中两国关系与党际交流得到了继承、巩固和发展。

在极不平凡的2020年，中越两党两国相互支持、共克时艰，携手取得疫情防控的重大成果，用实际行动诠释了兄弟般的深厚情谊，充分体现了共产党领导和社会主义制度的独特优势。范星梅指出，疫情之下，两国两党以灵活方式保持着频繁沟通和交流。越共中央总书记、国家主席阮富仲同中共中央总书记、国家主席习近平两度通话，就推动两国全面战略合作伙伴关系不断深化、务实发展达成了重要共识。

2021 年是中国共产党成立 100 周年。对这样一个历史时刻，范星梅送上了真挚的祝福："祝贺中国共产党百年华诞。"

## 越南希望看到一个繁荣发展的中国

中国改革开放经验对越南发展有重要借鉴意义。范星梅表示，越中两国在政治体系、发展模式等方面有着许多相同之处，越南的革新和中国的改革开放都取得了令人瞩目的成就。他特别提到，作为"后起者"，越南借鉴了中国改革开放的成功经验。

以"双循环"新发展格局为例，范星梅表示："这是中国为及时、有效应对国际国内新形势而采取的重大举措，为中国在短期和中期的发展指明了方向。越南希望看到一个繁荣发展的中国，希望'双循环'新发展格局为包括越南在内的地区各经济体带来正能量。"

40 多年前，改革开放的春风改变了中国社会面貌。在范星梅看来，如今，中国已深度融入国际经济之中，是世界第二大经济体，也是世界第一大货物贸易国。即便是在困难重重的 2020 年，这种强劲的发展势头也没有停下脚步。2020 年以来，中国克服了新冠肺炎疫情影响，经济运行逐步恢复正常，成为全球唯一保持正增长的主要经济体。

## 促进地区的和平稳定与繁荣发展是中越两国共同心愿

2020 年全球经贸形势艰难，人员往来锐减，世界经济衰退。范星梅认为，在此背景下，中越双边贸易仍保持增长势头殊为不易。中国海关最新数据显示，2020 年中越双边贸易额达 1922.8 亿美元，同比增长 18.7%。在稳居中国在东盟最大贸易伙伴的同时，越南首次成为中国在全球的第六大贸易伙伴。

在此基础上，范星梅对两国经贸往来抱有更大期待。在地方合作层面，对于越南各地方的贸易伙伴，如广东、广西、云南、浙江、上海等，范星梅希望现有合作“提质升级”，“期待中方投资越南的基础设施、高新科技、环保等产业”。对于那些潜在的合作伙伴，如四川、重庆等，范星梅则更为看重“增长潜力”，“注重强化贸易、物流合作，充分发挥互补优势，推动双边合作辐射到东盟、中亚、欧洲等区域”。

在国家合作层面，范星梅期待越中两国尽早恢复商业航班，在确保疫情防控要求的前提下，建立双方商务人员和货物往来的“快捷通道”。另外，双方还应在进出口、通关方面为两国企业提供便利，将越中贸易发展的利好带给两国人民。“越方希望中方继续扩大符合中国市场需求的越南强项农、水产品，鼓励两国企业继续通过线上、线下等灵活方式推介优势产品，寻找商机。”范星梅说。

推动双边经贸合作走向纵深的同时，促进地区的和平稳定与繁荣发展也是中越两国共同心愿。2020 年 11 月，历经 8 年谈判，区域全面经济伙伴关系协定（RCEP）正式签署，包括中越在内的 15 个国家携手为多边经贸注入动能。范星梅特别提到，作为地区第一大经济体和全球第二大经济体，中国的加入必将提升 RCEP 的全球影响力和辐射作用，“RCEP 与中国提出的‘一带一路’等区域合作倡议相融合，为越中两国及东盟与中国进一步扩大贸易和投资合作规模发挥重要推动作用”。

（文 / 张六陆　原载于《人民日报海外版》2021 年 3 月 22 日第 8 版）

# 范星梅：共同迎来意义非凡的一年

面对突如其来的新冠肺炎疫情，越南共产党和越南政府与中国共产党和中国政府始终把人民健康放在第一位，并采取了一系列果断措施，有效防控疫情，尽快复工复产，推动经济复苏，使越南和中国成为世界上少数能够保持正增长的经济体。中国如期完成了新时代脱贫攻坚目标任务，现行标准下农村贫困人口全部脱贫，越中关系在各领域稳定健康发展。

在政治关系方面，2020年越中两国开展了多项务实活动，来庆祝越南中国建交70周年。这一年，双方保持了高层领导频繁的沟通。越共中央总书记、国家主席阮富仲和中共中央总书记、国家主席习近平两次通话，就推动两国关系不断深化并务实发展达成了重要共识。越南政府总理阮春福同中国国务院总理李克强通话，同意加强疫情防控合作。两国各部委、各地方的交流进一步加强，两国的疫情防控合作有效地开展。

经贸合作继续成为越中双边关系的一大亮点。据中方数据统计，2020年越中双边贸易额达1922.8亿美元之多，同比增长18.7%。越南首次成为中国在全球的第六大贸易伙伴，并稳居中国在东盟的最大贸易伙伴。2020

年，中国成为越南第三大投资来源地。

2021 年对越南和中国来讲都是意义非凡的一年。越南召开了越南共产党第十三次全国代表大会，通过了越共十三大决议，提出了越南未来 5 年经济社会发展计划和 2030 年远景目标。这一年，中国将迎来中国共产党成立 100 周年，也是落实"十四五"规划的开端之年。

面向 2021 年，为了进一步贯彻落实好两党两国高层领导的共识，两国将着重开展以下主要工作。一是继续加强政治互信，保持频繁的高层交往，推动两党两国领导人在疫情防控条件允许的情况下早日实现互访。二是深化务实合作，将双方的经贸合作继续朝着稳定健康的方向发展。欢迎中方进一步扩大对符合中国市场需求的越南农、水产品等强项产品的进口，也欢迎中方企业在基础设施、高新科技、环保型等产业加大对越投资力度。三是加强人文交流，夯实越南中国睦邻友好与全面合作的社会基础。期待两国的媒体在引导舆论、凝聚共识，进一步巩固发展好越中传统友好关系方面发挥重要作用。

（文 / 越南驻华大使范星梅　原载于《人民日报海外版》2021 年 3 月 22 日第 8 版）

## ·采访手记·

# 中越好邻居同刷一部剧

作为山水相连的好邻居，中越两国不仅共享春节、端午等传统节日习俗，越来越多的中国影视剧作品在越南热播也催生出两国民间互动新话题。

20世纪90年代，中国电视剧《渴望》引发越南万人空巷的观影热潮，剧中人物刘慧芳被许多越南人视为“梦中情人”。近些年，《还珠格格》《芈月传》等古装剧和《省委书记》《铁面无私》等现代剧在越南赢得好口碑，也有《花千骨》《三生三世十里桃花》等热播剧在越南翻拍后，传回中国视频网站引来满屏弹幕：“《延禧攻略》更新慢，中国网友‘追到’越南网站提前看”“如果中国电视剧能有越南语配音，就更棒了”……刷同一部剧，追同一批偶像，越南观众也把中国影视剧作品送上越南社交网络热搜榜。

文化交流如此频密，中越情谊有多么与众不同？带着这个问题，“我在中国当大使”栏目组应约采访了越南驻华大使范星梅。专访定于越南驻华大使馆会客厅。绕过门口呈荷花图样的红木屏风，会客厅全貌映入眼帘：白橡木桌沿红毯两侧整齐摆放，墙壁上悬挂着色彩恬淡的越南风景画；在客厅正中央矗立着胡志明主席铜像，阳光透过窗楹，整个房间明亮大气。

刚刚布置好拍摄机位，范星梅大使健步而入。面对上前打招呼的主持人，大使微笑着抬起手肘示意双方碰肘致意，并温和地提醒我们“防疫期间就不握手了”。众人会心一笑，双方心理距离迅速拉近了。

谈到两党两国的交往故事，范星梅大使娓娓道来。说起两国人文密切往来，大使谈兴更浓。大使表示，作为山水相连的友好邻邦，越中两国文化交流源远流长，两国人民的传统文化既有许多相同之处，又有各自鲜明的独特本色。近年来，两国之间的人文交流、文化合作呈现出活跃态势。中国的许多电视剧、电影和著名的文学、音乐作品赢得了越南民众的喜爱。同时，许多越南特色的文化产品在中国的知名度越来越高，受到了许多中国人民的欢迎。大使也希望有更多中国人，特别是中国年轻人能够通过越南的文学和影视作品了解越南文化。

专访过后，范星梅大使特地安排栏目组前往随后举行的“新年媒体见面会”。会上，范星梅大使在致辞中回顾越中关系在过去一年取得的进展，表达了对新一年继续推动两国关系发展、深化人文交往的期待。

活动中，范星梅大使热情地邀请栏目组尝试现场准备的越南美食，其中人气最旺的当数越南春卷。薄如蝉翼的米浆饼皮下五颜六色的馅料呼之欲出——绿色的生菜、红色的萝卜、黄色的蛋皮，配色清新，营养丰富。每个春卷都包裹一只完整的大虾，配以鱼露食之，清新爽口，唇齿留香。

采访结束，“我在中国当大使”栏目组以越南美食为主题制作的短视频播出后，引来数万网友观看并点赞：“中越友好”“越南朋友继续一起追剧”……

（文 / 吴正丹　原载于《人民日报海外版》2021 年 3 月 22 日第 8 版）

# 一碗河粉　品味越南

胡志明市街头，在骑楼下与棕榈树的绿荫里与明媚的骄阳躲猫猫，飞驰的摩托机车在身边穿梭，路过白瓷砖铺墙垫地、蓝色塑胶桌椅待客的小食铺，进门招呼老板来一碗越南河粉，这或许是游客来到这个东南亚国度留下的最初回忆。

不只是在越南的城市中，美国的洛杉矶、法国的巴黎，还有北京、上海的胡同巷弄里也能看到以“PHO”（越南河粉）为招牌的小店。一碗河粉既是一张递出国门的越南美食名片，又是这个中南半岛上历史悠久的国家传承至今的稻作文明的缩影。

丰富的嗅觉与味觉体验浓缩在一碗越南河粉之中。外行人趁热乎气儿囫囵嗦粉，鲜美之味留于唇齿，酣畅之感周身通透。内行人端起越南粉儿，细细品味更有讲究——先是这汤，用牛肉、牛骨熬上一夜，再通过层层过滤撇去血沫和杂质，好的汤头须清澈光亮，褐色的汤底会被视作不尽如人意。再是配菜，罗勒应是紫根罗勒；柠檬则要选小青柠，因为黄柠檬的酸度与汤头不甚调和。

穿着越南传统服装奥黛的女孩们骑自行车路过胡志明市政府大楼（越南驻华大使馆供图）

河粉成为越南标志性美食的背后，是越南在历史维度——传统农业国和全球维度——第三大大米出口国的定位坐标。地处北回归线以南，热带季风影响下常年高温多雨，加之东南面国土临海，又有包括东南亚最大河流湄公河在内的多条河流冲积培厚的肥沃平原，诸多因素集于一身，越南的农耕传统已有千年历史。

农耕乃百姓衣食之源，更是城市文明之根，如今依旧保存完好的越南古城遗址是游客亲近越南历史文化的好去处。比如阮朝古都顺化，原名富春，巍峨壮丽的遗迹名列世界文化遗产名录。城内建筑沿南北轴线布局，外层为防城，中层为皇城，内层为紫禁城，屹立的旗台、雄伟的午门、庄严的世庙无不显露出当年帝王的雄心。城内九尊铜鼎饰有景物、特产、花草、禽兽，甚至越南百姓生活的细节，体现了19世纪越南铸铜的高超技艺。

顺化之外，在秋盆江入海口坐落着另一座越南古城，同时也是越南唯一的港市一体城市——会安。在15世纪至17世纪，这里曾是东南亚繁华的贸易中心，来自中国、日本、印尼乃至葡萄牙、意大利等国的商船在这里停靠。现如今，街道、祠堂、会馆、寺庙仍旧保留着曾经的风貌，倾斜的屋顶整齐地铺盖着瓦片，精巧的榫卯结构在内，细腻的雕刻装饰在外。每月阴历十五日，城内不再开启电灯，昏黄的蜡烛与灯笼带着游客告别都市喧嚣，穿越回尘封的历史。

古城中男耕女织、精耕细作的画面已成往昔，如今的越南不但依旧是稻米的重要产地，工艺精良的天然蚕丝纺织品同样是越南闻名遐迩的特产。由丝绸制成的越南国服“奥黛”被外国游客称为与咖啡、摩托机车并列的“越南三宝”之一。“奥黛”即长衫，上身胸袖剪裁合身，下摆宽松飘逸，两侧开高衩至腰部，内搭喇叭长裤。就色彩而言，传统上越南各地奥黛的流行色各不相同，北部时兴淡黄色，中部绛紫色，南方偏爱白色；从年龄层看，少女多着蚕丝本身的象牙白，待嫁女子以柔美的粉色示人，主妇则为稳重的深色。头顶尖尖的斗笠露出半面俏丽的脸庞，身着衬得身材窈窕的奥黛，越南街头少女的倩影无疑是这个国家最灵动的符号。

吃过美食，走过古城，身着奥黛，感受越南风情的迷人之处。

（文/吴正丹　原载于《人民日报海外版》2021年3月22日第8版）